HAYMON taschenbuch 296

AF 155563

Erlesenes vom Achensee: kriminell spannend, aufregend schön

Liebe Leserin, lieber Leser! Liebe Krimifans!

Wir freuen uns „mörderisch", dass ihr nunmehr diese Krimi-Anthologie in Händen haltet. Das Buch ist eine Selektion aus 10 Jahren *achensee.literatour* – unserem mittlerweile schon traditionellen Literaturfestival, das alljährlich am und rund um den Achensee über die Bühne geht.

Einmal im Jahr treffen sich handverlesene Autorinnen und Autoren aus dem deutschsprachigen Raum hier am „Meer der Tirolerinnen und Tiroler", um uns an besonderen Plätzen und in historischen Räumen einen Einblick in ihr Werk zu gewähren. Fixer Bestandteil der Literaturtage ist die bereits traditionelle „Krimiwanderung" entlang dem schönen, besinnlichen Dien-Mut-Weg. Im Laufe der Jahre haben acht Schriftstellerinnen und Schriftsteller je einen Kurzkrimi verfasst, den sie im Rahmen der *achensee.literatour* „erlesen" und auch „erwandert" haben.

All diese Krimis sind nun in unserem Jubiläumsband zusammengefasst und wir hoffen, dass euch diese kurzweiligen, spannenden und durchaus erheiternden Krimi-Geschichten ein wenig (Lese-)Freude bereiten. Lesen, genießen und Literatur erleben – das alles lässt sich in der wunderbaren Umgebung von Tirols größtem See wunderbar verbinden. Überzeugt euch selbst!

Bis dahin wünschen wir euch spannende Unterhaltung mit dem Band „Nur der See sah zu. Acht Achensee-Krimis" und freuen uns auf ein Wiedersehen.

Herzlichst

Euer Martin Tschoner
GF Achensee Tourismus

#achenseeliteratour #achensee #bergundsee

Nur der See sah zu

Acht Achensee-Krimis

Nur der See sah zu

Tatjana Kruse

SINNEN, SCHAUEN, STERBEN – TOT!

Ein Besinnungsweg-Kurzkrimi

Lasst, die ihr antretet, alle Hoffnung fahren ...
(frei nach Dante)

Es geht los!

„Meine Damen und Herren, ich darf Sie sehr herzlich be..."

„Lauter!", ruft eine Seniorin in altmodischen Kniehosen.

Ich hole tief Luft und brülle: „Ich darf Sie sehr herzlich auf unserer heutigen Führung über den Besinnungs-Dien-Mut-Weg begrüßen. Der Weg will Sie einladen, zu sehen, zu hören und zu sinnen."

Sinnen, kein sehr gängiges Verb mehr. Von allein wär ich auch nicht drauf gekommen, aber es steht im Faltblatt, also lese ich es einfach ab. Um ehrlich zu sein, ist das meine allererste Führung. Überhaupt. Die will ich natürlich mit Bravour bewältigen. Aber das wissen die rund zwanzig Menschen nicht, die sich eingefunden haben. Ein bunt gemischter Haufen, der sich untereinander nicht kennt, was mir nur recht ist, einen Kegelverein hätte ich hier und heute nicht haben wollen. Sie schauen mich alle erwartungsvoll an. Erwartungsvoll und – im Fall der Seniorin – jetzt schon skeptisch.

Dennoch unerschrocken ziehe ich mein Programm durch. „Für die Gestaltung dieses Besinnungsweges hat sich der alte Bärenbadweg als sehr geeignet erwiesen. Er wurde im Ersten Weltkrieg von italienischen Kriegsgefangenen angelegt. Sind Italiener unter uns?"

Einer streckt die Hand hoch und erklärt, seine Großmutter mütterlicherseits sei Achtelsitalienerin gewesen. Ich entschuldige mich im Namen der Täter bei seiner Großmutter und will jetzt von der Notburga erzählen, zu deren Ehren der Besinnungsweg angelegt wurde, aber die Gruppe hört sichtlich nicht zu, sondern rechnet aus, wie viel südländisches Blut man mit einer achtelsitalienischen Großmutter noch in den Adern hat. Ein Hunderttausendstel? Es würde helfen, wenn wir einen Mathematiker bei uns hätten, der uns das rasch mal eben ausrechnet, haben wir aber nicht.

„Hm", räuspere ich mich lautstark und fahre – Aufmerksamkeit einfordernd – fort. „Die heilige Notburga ist die beliebteste Heilige Westösterreichs und lebte im 13. Jahrhundert an den Gestaden des wunderschönen Achensees", lese ich von meinem Faltblatt ab. Auswendig kann ich das natürlich nicht. Ich höre heute, ehrlich gesagt, auch zum ersten Mal davon. Mit Heiligen kenne ich mich nicht so aus … „Notburga war im besten Sinne eine emanzipierte Frau und ließ sich von ihrem hartherzigen Dienstherrn nicht von ihrer sozialen Arbeit für Geringverdiener und chronisch Kranke abbringen. *Mutig verteidigte sie Feierabend und Sonntag,* das allein muss sie einem doch schon sympathisch machen." Letzteres lese ich nicht ab, das ist meine ehrliche Meinung.

Die Gruppe knipst die Stellwand, von der ich das ablese, mehrheitlich mit der Handykamera, nur ein älterer Mann mit Bommelmütze hat eine japanische Hochleistungskamera dabei.

Gott belohnte sie mit dem Wunder der Sichel, steht noch daneben, aber keiner achtet darauf.

Ein Fehler, wie im Nachhinein gesagt werden muss.

„Notburga …", fahre ich fort und werde unterbrochen.

„Geht das nicht lauter?", ruft die Kniehosenseniorin. „Man versteht ja gar nichts!"

Ich zähle innerlich auf zehn.

„Notburga wurde als einfache mittelalterliche Bauernmagd zu einer Heiligen, zu der vor allem Dienstmägde und Knechte andachtsvoll aufblickten. Sie war eine von ihnen. Daher übrigens auch der Name dieses Weges, *dienmuot*, das ist mittelhochdeutsch und steht für *Mut zum Dienen*.“

„Mut zu was?“, ruft die schwerhörige Seniorin. „Jetzt sprechen Sie doch mal lauter!“

Zugegeben, der Verkehr rauscht relativ laut am Parkplatz unten vorbei, aber so leise rede ich nun auch wieder nicht. Soll sie sich halt ein Hörgerät zulegen!

Dennoch drehe ich etwas auf. „Notburgas letzter Wunsch war es, dass man ihren Leichnam auf einen Karren mit zwei Ochsen legen und sie dort begraben möge, wo der Karren stehen bleibt. Die Ochsen zogen den Karren bis vor die Kirche in Eben am Achensee, also dort hinten.“ Ich strecke den Arm ungefähr in die Richtung, wo ich Eben vermute, und alle Köpfe folgen ihm.

Eine hagere Frau, sicher Lehrerin, widerspricht. „Laut meiner Karte liegt Eben in der anderen Richtung.“

Ich werde muffig. „Wollen Sie die Führung übernehmen?“, frage ich spitz. „Dann los!“

Sie schüttelt den Kopf.

„Was? Geht's jetzt los?“, ruft die Seniorin. „Wird ja auch Zeit.“

Das kann ja noch heiter werden, denke ich, sammle mich – OM! – und erläutere: „Unser Besinnungsweg erstreckt sich über circa zwei Kilometer. Wir werden an mehreren Stationen vorbeikommen, die zur Besinnung einladen. Und am Schluss kehren wir dann alle in der Rodlhütte ein. Sie sind auf einen kleinen Imbiss eingeladen. Und wir gehen weiter!“

Ich zeige auf das enge Holztor mit der Aufschrift *Geh durch das enge Tor, es führt zum Leben*. Für manche von uns trifft das nicht zu, ganz im Gegenteil, aber das wissen die Betroffenen noch nicht. Alle schreiten fröhlich voran.

Das Tor – bezeichnenderweise gestiftet von Sport Wöll – ist nicht nur niedrig, sondern auch schmal. Der lange Schlacks mit den karierten Golferhosen muss sich fast in der Mitte knicken, um hindurchzugelangen, das adipöse Ehepaar aus Amerika passt beim besten Willen nicht hindurch. Die Frau versucht es noch, bleibt aber stecken, und ihr Mann und ich müssen sie an den Armen rückwärts herausziehen. „Sie können über den Parkplatz und dann außen herum gehen", sage ich und deute. „Wir machen etwas langsamer, da holen Sie uns bequem ein." Die beiden gucken nicht glücklich, und wären wir in Amerika, würden sie jetzt schon in Gedanken die Klageschrift vorbereiten von wegen Diskriminierung übergewichtiger Wanderer. Leichter kommt ein Kamel durch ein Nadelöhr als ein Dicker auf den Besinnungsweg.

Die beiden Amerikaner kehren in Richtung Parkplatz um. Wir sehen sie nicht wieder und gehen alle davon aus, dass sie beleidigt sind und jetzt lieber allein am See entlangspazieren, wo man so breit sein kann, wie man will. Ein Irrtum, aber das weiß ebenfalls noch keiner.

„Und wir gehen weiter!", rufe ich und führe meine Herde an.

Die erste Station

An der Futterhütte sammle ich meine Schäfchen wieder um mich.

„Wenn im kalten Winter das Reh, die Gämse und der Hirsch kein Gräslein mehr finden, kein Salz, kein Heu und

kein Leck, müssen sie verhungern", lese ich von meinem Faltblatt ab. „Diese Besinnungsstation will uns erinnern, dass wir den Tieren und den Menschen zu essen geben sollen. Für das Wild Futter, für die Menschen Geld. Darum die Münzschale da oben. Als Symbol dafür, dass wir unsere Börse denen öffnen sollen, die weniger haben. Und wir gehen weiter."

Ein älterer Herr ruft: „Ich bin Numismatiker. Ich schaue mir die Münzen kurz einmal an ... rein interessehalber."

„Aber Herrmann!", schimpft seine Frau.

„Geh halt mit den anderen, ich komm schon nach", pampt er und stapft zu der Holzschale hoch, in die gutherzige Wanderer einen symbolischen Obolus deponieren.

Ich treibe meine Schäfchen voran. Hinter mir höre ich Münzen klappern. Schaut der sich wirklich nur die Münzen an, oder steckt er sich welche ein?, überlege ich, drehe mich aber nicht um. Wird schon alles seine Richtigkeit haben. Jeder kriegt, was er verdient. Am Ende ...

„Also, Entschuldigung, mir geht das zu langsam", ruft ein Rotblonder im karierten Flanellhemd. „Ich geh schon mal vor." Er läuft los.

„Gern, nur zu", rufe ich seinem entschwindenden Rücken hinterher. Er wird schon sehen, was er davon hat. Dann wende ich mich lächelnd an meine Wandergruppler und sage: „Und wir gehen weiter!"

Die zweite Station

Gibt's im Land koa Liebe mehr, stirbt die Quell, der Brunnen leer. Wir stehen vor dem Brunnen, und er ist leer – noch so ein Umstand, der der Gruppe hätte zu denken geben müssen. Tut er aber nicht. Meine Schäfchen stehen nur da und machen *ah* und *oh*.

Ich keuche derweil. Ich bin ja nicht von hier, komme aus dem norddeutschen Flachland, wohne erst seit einer Woche im Posthotel drüben in Achenkirch und habe in dieser Zeit nichts anderes getan, als viermal am Tag zu essen – Frühstück, Lunch, Kuchentafel, Abendessen. Meine Hose spannt, und die Lungen pfeifen. Ich hätte mehr sporteln sollen, aber diese Erkenntnis kommt jetzt zu spät. Hier war eigentlich gar kein Halt vorgesehen, aber ich muss erst mal zu Atem kommen. Um die Gruppe zu beschäftigen, zitiere ich ein Besinnungsgedicht. Auch aus dem Faltblatt. *„Warum ist der Brunnen leer? Warum fließt kein Wasser mehr? Wenn jeder nur noch an sich selber denkt, dem andern keine Liebe schenkt, versiegt auf Erden jede Quelle und in den Menschen alles Helle.“* Ich schaue auf und improvisiere auf Teufel komm raus. „Die heilige Notburga kann uns da ein Vorbild sein. Sie hat ihre Liebe immer großzügig anderen zukommen lassen. Deswegen wurde sie ja auch heiliggesprochen, die Gute. In diesem Jahr feiern wir übrigens 700 Jahre Notburga mit zahlreichen Veranstaltungen und Feierlichkeiten. Der Höhepunkt ist im September, die Notburga-Prozession.“

Ich frage mich, wer von meinen Schäfchen das noch erleben wird … „Was wäre die Welt ohne Liebe. Wir sollten alle mehr Liebe verströmen“, flöte ich. Plattitüden kann ich gut.

Apropos Liebe … Ich zwinkere dem gut aussehenden Mann im pastellfarbenen Polohemd zu. Dabei sind Pastelltöne bei Männern eigentlich ein Deal Breaker für mich, aber die Auswahl in der Gruppe ist nicht berückend.

Mehr Liebe für die Welt, da sind sich alle einig. Die Gruppenköpfe nicken synchron, der Bommelmützenmann schießt mit seiner Hochleistungskamera ein Foto vom leeren Brunnen. Dann scharren aber schon alle ungeduldig mit den Hufen. Das Besinnen ist aus der Mode gekommen, und oben auf der Hütte wartet der Imbiss auf uns.

„Wo Herrmann nur bleibt?", fragt die Frau des Numismatikers und schaut den Weg zurück, den wir gekommen sind.

Weit und breit kein Herrmann.

„Der holt uns schon noch ein", beruhige ich sie. „Und wir gehen weiter."

Die dritte Station

Leitet und sichert einander wie dieses Geländer. Wir halten wieder inne. Eigentlich nur, weil ich neuerlich verschnaufen muss. Keuchend will ich auf den Blick hinweisen, auf dieses prachtvolle Panorama, will etwas über den Achensee mit seinem fast karibisch türkisblauen Farbspiel erzählen, der zehn Kilometer lang und bis zu 133 Meter tief ist, Trinkwasserqualität hat und exzellente Windverhältnisse für Surfer und Segler bietet, aber da sehe ich unten am Hang einen, der sich in den Bäumen verhakt hat. Kein Freestyle-Wanderer, der abseits des Weges gestolpert ist und sich jetzt Halt suchend in eine Birke verkrallt hat, sondern ein – aufgrund der Gliedmaßenverrenkung – sichtlich Toter, der wohl den Hang hinuntergekullert wurde und versehentlich hängen blieb. Es ist der Rothaarige im Flanellhemd, dem es nicht schnell genug gehen konnte. Jetzt nur keine Panik in der Gruppe. Meine Schäfchen dürfen nicht hysterisch werden. Sonst laufen noch alle in Panik zurück, womöglich stürzen die Älteren und brechen sich die Hüfte. Nein, ich muss ruhig und besonnen vorgehen. Das ist das A und O einer guten Wanderführung.

Bevor einer den Toten bemerkt, zum Beispiel der Bommelmützenmann mit der Kamera, zeige ich rasch hangaufwärts, wo es eigentlich nichts weiter zu sehen gibt. „Die Flora und Fauna der Achenseeregion", jubiliere ich gekünstelt, „Naturparadies der Alpen, unvergleichliches Refugium für Tiere und Pflanzen, Rückzugsgebiet für höchst bedrohte Arten, wie Sie sie dort sehen."

„Ich sehe nichts", ruft die Kniehosenseniorin mit dem schlechten Gehör.

„Doch, da!", insistiere ich und zeige wahllos ins Grün. „Die höchst seltene Almrose, die nur noch im Karwendelgebirge zu finden ist."

„Ich bin Biologin, meine Guteste, und da ist nichts Seltenes zu sehen", widerspricht die Alte hartnäckig. „Und das, worauf Sie da zeigen, ist ein Baum, und zwar der hier für die Region ganz typische Bergahorn."

Ich schaue die anderen schulterzuckend an. Ach, diese senilen Alten, was die immer so reden, will mein Schulterzucken sagen.

Blöderweise interpretiert das auch die Alte korrekt. „Sie machen das hier nicht oft, oder?", fragt sie frech.

Sie hat ja recht. Aber taktlos ist es trotzdem.

Na, wenigstens hat keiner die Leiche bemerkt.

Schmollend rufe ich: „Und wir gehen weiter!", und stapfe los.

Die vierte Station

So ungefähr nach der halben Strecke kommt man an ein Plateau und eine Kreuzung. Ich schaue im Faltblatt nach. *Zwei Wege kann man gehen, der eine ist breit und bequem, der andere steil und beschwerlich, manchmal auch gefährlich. Das ist der Dien-Mut-Weg.*

War ja irgendwie klar.

Ich hole tief Luft und sehe mich in der Gruppe um. Vom Feeling her würde ich sagen, wir sind auf die Hälfte geschrumpft. Ich vermisse neben dem Numismatiker und dem karierten Flanellhemd den Schlacks mit den Golferhosen und das nette Ehepaar aus irgendwo hinter Wien. Na, man kennt das ja, bei Führungen kommen immer mal wieder welche abhanden, weil ihnen die Puste ausgeht oder weil sie tot im Baum hängen oder weil die Führung jetzt nicht so wahnsinnig prickelnd ist. Man könnte auch einfach das Faltblatt des Achensee-Tourismusbüros mitnehmen und unterwegs selber nachlesen, was man sieht, da hätte man mindestens ebenso viel davon und müsste nicht mit völlig Fremden Schritt halten, aber das sage ich natürlich nicht. Fremdenführer und -führerinnen wollen ja schließlich auch leben und ihr Auskommen finden. Wo immer die Abgängigen geblieben sein mögen, es ist mir egal – alle haben im Voraus auf dem Parkplatz bezahlt, und Rückerstattungen gibt es nicht.

„Ich frage mich, wo mein Herrmann bleibt", ruft die Numismatikergattin. „Vielleicht sollte ich mal nach ihm sehen."

„Nein, bitte, die Gruppe muss zusammenbleiben." Ich packe sie fest am Ellbogen und hoffe, es gibt keine blauen Flecke. „Ihr Mann wird uns schon einholen. Und der Weg ist ja exzellent ausgeschildert. Sehen Sie, dort."

Ich zeige auf das Schild. BESINNUNGSWEG.

Zögernd nickt sie.

Um sie abzulenken, sage ich: „Durchzählen!"

„Wie bitte?", ruft die Greisin.

„Durchzählen!", wiederhole ich lauter.

„Das ist doch albern", erklärt ein Anfangdreißiger in stylischer, atmungsaktiver Designer-Sportswear.

„*Durchzählen!*" Ich kann auch streng.

„Eins", entfährt es dem Anfangdreißiger verschreckt.

Wir kommen auf vierzehn. Jetzt bin ich mir sicher, dass wir unterwegs sechs verloren haben, denn bezahlt haben zwanzig.

„Und wir gehen weiter!", rufe ich und treibe meine Herde voran.

Die fünfte Station

Nächste Station: *Wir sind alle in Gottes Hand.* Stimmt, denke ich, während die anderen wie wild das Panorama fotografieren. Die Hand ist rot angerostet, blutrot. Das bekümmert aber sichtlich keinen. Oh, diese Ahnungslosen.

Carpe diem, kann ich da nur sagen, nutze den Tag. Man sollte jeden Morgen so aufstehen, als wäre es der letzte. Schneller, als einem lieb ist, tritt dieser Fall nämlich tatsächlich ein.

Im Faltblatt steht für diese Station: *Er lässt die Sonne aufgehen über Gute und Böse.* Ich kenne ja jetzt die einzelnen Mitwanderer nicht persönlich, aber ich tippe mal, von denen sind nicht alle gut. Ich bin es beispielsweise nicht. Dass ich hier und heute die Führerin abgebe, ist allein darin begründet, dass ich beim Streichholzziehen das kürzeste Streichholz gezogen habe. Aber das lasse ich meine Gruppe nicht merken. Ich bin ja Profi. Ich spiele quasi oscarreif die engagierte Besinnungswegführerin.

„Haben alle die sensationelle Aussicht fotografiert?", rufe ich und zähle durch. Dreizehn. Ja, definitiv, es fehlt schon wieder einer. Ich tue natürlich so, als wäre nichts. Die Seniorin guckt misstrauisch, sieht mich an und schüttelt den Kopf. Vermutlich denkt sie, die Leute hätten sich klammheimlich abgeseilt, weil sie meine Führung so furchtbar finden. Die kann mich mal, die Alte. Die wird schon noch merken, dass ich mit dem Verschwinden dieser Leute nichts zu tun habe.

Forsch rufe ich: „Und wir gehen weiter!"

Die sechste Station

Beim Gekreuzigten bleiben wir wieder kurz stehen. Zwei junge Frauen haben Blumen mitgebracht und stecken sie der Holzfigur jetzt in die ausgestreckte rechte Hand. Eine nette Geste.

Der Gekreuzigte sieht anders aus, als man ihn sonst so kennt, ist glatt rasiert und trägt ein Goldkäppi. Er erinnert mich irgendwie an einen Ägypter aus dem Hollywoodkolossalstreifen *Die zehn Gebote*. Der Mitwanderer im Pastellpoloshirt hat entfernte Ähnlichkeit mit dem Hauptdarsteller Charlton Heston. Ich lächele ihm erneut kokett zu. Man darf ja bei der Arbeit auch mal Mensch sein. Immerhin er ist noch übrig. Der Bommelmützenmann mit der Kamera ist jetzt nämlich auch weg. Da waren's nur noch zwölf. Das fällt auch der Lehrerin auf.

„Fehlt da nicht einer?", ruft sie laut. „Der mit der Kamera?"

Ich nicke lässig. „Ja, er wollte sicher noch ungestört ein paar Aufnahmen vom Panorama machen. An der Hütte wird er uns schon einholen."

„Bestimmt wartet er auf meinen Herrmann. Einer muss es ja tun", sagt die Numismatikergattin, und es klingt vorwurfsvoll.

Der Vorwurf ist gegen mich gemünzt. Das kratzt mich nicht. Ich lächele sie milde an, weil ich so eine Ahnung habe, dass Herrmann, der Numismatiker, längst genüsslich mit einem Schweizermesser filetiert wurde und tot über der Schale mit den Münzen liegt. Den Bommelmützenmann vermute ich erschlagen unter einem Steinhaufen. Fröhlich rufe ich: „Und wir gehen weiter!"

Die siebte Station

„Bitte aufschließen!", rufe ich an der nächsten Station, weil wieder ein paar ins Bummeln geraten sind. Mir liegt aus verschiedenen Gründen wirklich viel daran, dass die Gruppe als solche zusammenbleibt.

„Ach, wie herrlich!", tönt die Seniorin. Wir sind an die Pension Dienmut gelangt, einen Holzverschlag mit Ruhebank. „Hier mache ich eine kleine Pause." Sie setzt sich und packt ein Käsebrot aus. Ich sage nichts, obwohl wir ohnehin gleich bei der Rodlhütte sind. Jeder hat schließlich ein Recht auf eine letzte Einkehr. Und die schwerhörige Alte wird mir ganz gewiss nicht abgehen.

Auf dem Schild vor der Hütte steht: *Fünf waren geladen, zehn sind gekommen.* Andersrum wird bei uns ein Schuh draus. Zwanzig waren gekommen, nicht ganz zwei Handvoll sind jetzt noch übrig.

„Und weiter!", rufe ich.

„Also, ich bin jetzt sicher, dass da welche fehlen!", erklärt die Lehrerin, hager und grauhaarig und spitzmündig. Sie schaut sich um.

„Möglich. Es biegen immer ein oder zwei an dem Schild ab, wo es zur Bärenbadalm hochgeht. Das ist ein Weg von etwas über einer Stunde, und samstags gibt es dort handgetriebene Zillertaler Krapfen, das verlockt manch einen." Das habe ich heute früh in der Morgenpost meines Hotels gelesen und mich jetzt Gott sei Dank daran erinnert.

„Was ist ein Zillertaler Krapfen?", will die Seniorin mit vollem Käsebrotmund wissen.

Hm. Ich habe keine Ahnung. Da ich kein Pokerface beherrsche, sieht man mir das auch an.

„So, das wissen Sie gar nicht. Wissen Sie überhaupt etwas?", lästert die Alte.

Ehrlich, um die wird es nicht schade sein.

„So langsam kriegen wir auch Appetit", erklären die beiden Blumenmädchen unisono und schielen auf das Käsebrot der Seniorin.

„Wir haben es gleich geschafft", verspreche ich und schiebe die Mädels vom Pensionsverschlag weg, bevor es hier zu einer Meuterei kommt und die Seniorin mit ihrem Käsebrot die Fütterung der Fünftausend nachstellt. „Und wir gehen weiter!"

Die achte Station

Der Lift öffnet Höhen, Dienen den Himmel! Zwei meiner Schäflein wollen stehenbleiben und den Blick ins Tal fotografieren, wo gerade die Karwendelbahn heranrauscht. „Weitergehen!", dränge ich. „Wir haben es gleich geschafft. Dort oben über die Kuppe, dann rechts bei den drei Steinen sammeln wir uns." Die Gruppe schreitet brav voran. Gut erzogen!

Aus dem Tal nähern sich weiter fast lautlos die fünf Kabinen der Karwendelbahn. Aus der letzten Kabine wird, als sie direkt über mir ist, ein Seil mit einem Haken herabgeworfen. Ich fange es und hake das Eisen in den Rucksack des stylischen Dreißigjährigen im atmungsaktiven Sportsweardress. Er läuft nämlich zuhinterst. Seinen Designer-Rucksack hat er außerdem mit einem Gurt über seiner Brust befestigt, das wird gut halten. Er will verschreckt aufrufen, aber da stopfe ich ihm schon flugs mein geblümtes Halstuch in den Mund. Mit einem Ruck fährt er in die Höhe. Ich winke Adewale dem Nigerianer und Ilija dem Bulgaren oben in der Gondel zu. Sie winken grinsend zurück. Der Rucksackwanderer strampelt mit Armen und Beinen.

Die Gruppe merkt nichts.

Bei den drei aneinandergelehnten Steinen, die ein bisserl an Stonehenge erinnern, hole ich die anderen ein. Im Faltblatt steht für diese Station: *Unser Weg ist nun zu Ende. Wir durften die Herrlichkeit der Schöpfung schauen.*

Der Schöpfung und der Vergänglichkeit, denke ich.

„Schreit da nicht wer?", fragt die hagere Lehrerin.

„Ist das mein Herrmann?", fragt die Numismatikergattin.

Wir legen alle die Köpfe schräg und lauschen.

Ja, definitiv, da schreit wer. Der stylische Rucksackler muss sich mein Halstuch aus dem Mund gezogen haben.

„Das ist der berühmte Karwendeljodler", improvisiere ich kühn. „Die Einheimischen jodeln aus purer Lebenslust und alter Tradition immer um ..." Ich schaue auf meine Uhr. „... um zwanzig nach elf."

„Ich finde, das klingt nicht nach Jodeln", sagt mein Pastellhemdträger, der dem Akzent nach offenbar aus der Schweiz kommt. „Das ist doch eine völlig falsche Atemtechnik.“

„Bei Ihnen mag man anders jodeln“, erkläre ich streng, „aber jeder darf doch wohl bitte schön jodeln, wie er mag, da wollen wir doch tolerant sein.“

„Natürlich“, sagt er rasch, weil er gut erzogen und Gast in diesem Lande ist.

„Weitergehen!“, befehle ich, was meine Schäfchen auch hurtig tun. Bis auf die Lehrerin.

„Machen Sie sich nichts draus, dass so viele abspringen“, raunt sie mir zu, allerdings in Bühnenflüstern, weswegen es alle hören. „Sie lernen schon noch, wie man eine Gruppe fesselt.“

„Ich finde, sie macht das sehr ordentlich“, erklärt eines der Blumenmädchen.

Das muss das Stockholm-Syndrom sein. Wenn man lange genug jemandem ausgeliefert ist – und aufgrund der Umstände keine Chance zur Flucht hat –, dann stellt sich Zuneigung ein. Man kennt das von Entführungsopfern. Und jetzt von meiner Besinnungsswegwandergruppe.

„Danke“, sage ich gerührt und rufe: „Und wir gehen weiter!“

Das Finale

Und dann haben wir es geschafft. Vorbei an dem knallroten Rodlhütten-Transfer-Bus erreichen wir die Hütte. In weiser Voraussicht habe ich nur einen einzigen Tisch direkt vor der Hütte reservieren lassen, mit Blick auf den See. Der reicht lässig für uns paar Hansel. „Ich danke Ihnen, meine Damen und Herren, es war sehr nett mit Ihnen. Jetzt können Sie noch ein wenig die

Seele baumeln lassen. Es ist mir ein Vergnügen, Sie auf ein Getränk einzuladen. Holunder-Prosecco für die Damen, ein Bier für die Herren? Gern!"

Meine stark dezimierte Schafherde setzt sich und genießt die Aussicht. Dieser Friede hier oben, diese Stille. Man hört nichts als den Wind, der mit der Fahne spielt, Vogelgezwitscher, das Knirschen von Kies unter den Rädern der Mountainbiker, die vorbeifahren, ein Schiffshorn von unten am See, den Zwölf-Uhr-Alarm und das Ave-Maria und das Schnaufen der Flachländer, die den breiten Weg aus Pertisau heraufkommen.

Ich mustere meine Gruppe. Es ist nichts Persönliches. Wir haben sie nicht mit Bedacht ausgewählt. Es war einfach Zufall. An diesem Samstag gab es diese Führung hier auf dem Besinnungsweg, und da kamen wir auf die Idee, uns gegenseitig Arbeitsproben zu zeigen, und ich habe, wie gesagt, beim Streichholzziehen verloren, und die richtige Besinnungswegführerin liegt seit zwei Stunden tot in meinem Kofferraum auf dem Parkplatz unten.

Ja, genau, wir sind Auftragsmörder: Adewale und Ilija aus der Karwendelbahn, Sandy und Mandy, die sächsischen Killerzwillinge, Augusto, der Professor und ich, um nur einige zu nennen. Wir morden normalerweise nur im Auftrag und für viel Geld. Aber einmal im Jahr treffen wir uns immer rein privat an verschiedenen Locations in aller Welt – im Waldorf Astoria in New York, im Peninsula in Hongkong und dieses Jahr eben im Posthotel in Achenkirch – zum netten Beisammensein unter Gleichgesinnten und zu Fachvorträgen wie beispielsweise zum Thema „Handarbeit", also Würge- und Drosseltechniken. Höhepunkt unserer Auftragskillerjahrestreffen ist immer eine Exkursion ins Hinterland, wo wir uns – wie damals in Kolumbien – Spontanschießereien mit einheimischen Kriminellen liefern. Oder eben wo wir uns – wenn es zu wenig Kriminelle vor Ort gibt, wie heuer auf dem Besinnungsweg – gegenseitig voller Stolz unsere schönsten Mordmethoden zeigen. Ich wette, die schwerhörige Alte wurde von Madame Li aus Hongkong mit einem vergifteten Blasrohrpfeil ermordet und liegt jetzt mit Schaum vor dem Mund quer über der Holzbank in der Pension Dienmut. Es gab noch eine kleine Missstimmung, als es darum ging, ob wir die Leichen einfach liegen lassen oder ob wir sie – dafür stimmte vor allem Augusto, der immer sehr auf Ökologie und Nachhaltigkeit bedacht ist – mit Gewichten an den Beinen im Achensee versenken. Na, dieses Problem habe ich zumindest nicht.

Meine Gruppe sitzt ahnungslos am Tisch und zeigt sich gegenseitig die frisch geschossenen Handyfotos. Die Jungs und Mädels sind mir fast ein bisschen ans Herz gewachsen. Ich seufze sentimental. In der Hütte ist Selbstbedienung, deswegen gehe ich hinein und bestelle. Nein, ich schütte kein geheimnisvolles südamerikanisches Gift in die Gläser, das man bei Obduktionen nicht nachweisen kann. Ich serviere einwandfreien Prosecco und leckeres Bier. Das gehört sich so beim letzten Getränk. Dann sage ich: „Ich muss nur kurz telefonieren. Prost schon mal!"

Ich drehe mich um und kehre auf den Dien-Mut-Weg zurück. Runter wird es schnell gehen, in einer halben Stunde werde ich am Auto sein. Meinen Rucksack habe ich unter dem reservierten Tisch zurückgelassen.

Bei den drei Stonehenge-Steinen bleibe ich stehen und hole tief Luft. Hach, diese herrliche Bergluft. So belebend! Oder auch nicht.

Ich zücke mein Handy und gebe den Code ein – und da hört man außer Vogelgezwitscher, Kiesknirschen und Schiffshupen auch schon ein lautes BUMMMMMMMMMMMMMMMMMMMM!

Dann ... Totenstille.

Lebt wohl, meine Schäfchen. So viele auf einen Streich! Den diesjährigen Jahrestreffen-Bodycount-Rekord werde definitiv ich einfahren ...

Martin Kolozs

Die Spur des Täters

Kriminalerzählung

Prolog

Er ertappte sich bei einem schrecklichen Gedanken. Dieser war klarer als jede Vermutung, die er sonst in diesem Fall gehabt hatte, und stärker als jede Ahnung, die ihm im Laufe der Ermittlungsarbeiten gekommen war. Basil Riemer hatte einen konkreten Verdacht. Ja, er war fest davon überzeugt, die Lösung gefunden zu haben. Hier und jetzt war er auf sie gestoßen, was jedoch hieß: am Tatort und viel, viel zu spät.

Eins

„Weshalb tun Sie mir das an? Schon wieder!" Die Stimme am anderen Ende der Leitung klang jetzt verzweifelt bis zur Hysterie. „Gibt es denn keine andere Möglichkeit?"

„Ich wünschte, es wäre so, aber ..." Basil Riemer wollte sich nicht im Mindesten vorstellen, wie Sandra Lietzkow sich gerade fühlen musste; in den vergangenen Wochen, seit der Ermordung ihres Mannes und der gemeinsamen Tochter, musste es schier unerträglich für sie gewesen sein. „... es kann Ihnen helfen, sich besser zu erinnern."

„Ich habe Ihnen doch schon alles erzählt, was ich weiß!"

„Manchmal kommen die Erinnerungen erst später, Frau Lietzkow." Basil Riemer hasste sich plötzlich für diesen Satz; einerseits, weil er sich so verdammt altklug anhörte, andererseits, weil er seiner einzigen Augenzeugin damit gewissermaßen unterstellte, sie hätte bei ihren vorangegangenen Aussagen nicht alles darangesetzt, völlige Klarheit darüber zu schaffen, was damals im Wald geschehen war. „Ich meine, wenn Sie nochmals an den Tatort zurückkehren, könnten Ihnen eventuell Dinge einfallen …"

„Dinge!", fuhr ihn Sandra Lietzkow durch das Telefon an. „Was für Dinge?"

„Kleinigkeiten." Basil Riemer korrigierte sich sofort noch einmal, um ihr keine weitere Gelegenheit zu geben, sich über seine unbedachte Wortwahl aufzuregen; sie sollte nicht einen Moment denken, dass ein so grausames wie feiges Verbrechen nicht all seine Aufmerksamkeit und das ganzes Mitgefühl, zu dem er nach so vielen Jahren Polizeiarbeit noch imstande war, abbekam. „Was ich meine, sind Details, Frau Lietzkow! Details, an welche man sich anfangs, im Schock und in der Trauer, nicht im vollen Umfang erinnert."

„Hören Sie, ich weiß nicht mehr!" Augenblicklich war alle Benommenheit aus Sandra Lietzkows Stimme gewichen; eine Art Ohnmacht, welche die junge Frau seit Beginn der Ermittlungen umgeben hatte und die sie zutiefst verletzt und von der ganzen Welt enttäuscht erscheinen ließ. „Ich habe Ihnen alles gesagt, was mir an diesem Tag aufgefallen ist!"

„Das bezweifle ich auch keinen Augenblick." Basil Riemer konnte ihren Gefühlswandel nicht richtig einordnen; er führte ihn schließlich aber darauf zurück, dass Sandra Lietzkow sich instinktiv dagegen wehrte, an jenen Ort zurückzukehren, an dem das Leben ihrer ganzen Familie ausgelöscht worden war und von welchem daher eine dunkle Gefahr für sie auszugehen drohte. „Unbewusst nehmen wir allerdings einiges mehr wahr, als wir denken, das dann allmählich an die Oberfläche dringt und …"

„Sie meinen wirklich, mir könnte etwas einfallen, von dem ich bisher noch nichts geahnt habe?"

„Das wäre nichts Ungewöhnliches." Basil Riemer bemerkte den erneuten Stimmungswechsel bei Sandra Lietzkow; nach der fast schon aggressiven Skepsis, die sie zuvor an den Tag gelegt hatte, schien sie nun sehr an der Möglichkeit interessiert zu sein, durch eine erneute Tatortbegehung ihre verschüttete Erinnerung aufzudecken und damit zu weiteren Erkenntnissen und eventuell zur Klärung des Falles beizutragen. „Und der Versuch ist es bestimmt wert!"

„In Ordnung, ich bin einverstanden, wenn Sie mir versprechen ..."

„Ja?"

„... dass es das letzte Mal sein wird! Ich muss damit abschließen können, aber das geht nicht, wenn ..." Ihre Stimme versagte unter der Wucht der Gefühle; aber Sandra Lietzkow fasste sich schnell wieder. „Versprechen Sie es mir, hm?"

Basil Riemer wusste nicht, was er antworten sollte; die Wahrheit wäre gewesen, dass er nicht einfach Ja sagen konnte. Andererseits konnte schon ein einziges fehlendes Teil, das Sandra Lietzkow eventuell einfiel, das Bild vervollständigen und die Lösung des Falles bringen.

„Ja", sagte er also in der Hoffnung, nichts Falsches zu tun, „treffen wir uns!"

Zwei

Vor dem Treffen studierte Basil Riemer noch einmal Auszüge der Fallakte; er wollte gut vorbereitet sein, damit er Sandra Lietzkows arme Seele nicht mehr quälen musste, als es unbedingt nötig war, indem er ihr nur solche Fragen noch einmal stellte, die in ihrer Zeugenaussage unzureichend beantwortet waren. Er betrachtete die Bilder der Spurensicherung und las aufmerksam die nüchterne Beschreibung des Tatorts:

„Die Opfer (Eugen Lietzkow, 38 Jahre; Klara Lietzkow, 5 Jahre) liegen in der rechten Schlafzelle eines Mehrpersonenkuppelzelts unbestimmten Fabrikats. Als Todesursachen können, aufgrund der Wundmerkmale, ein Kopfschuss (aus etwa dreißig Zentimeter Entfernung) beim Mann und ein Schuss (aus gleich großer Distanz) in den Brustkorb des Kindes angenommen werden. Bei beiden Opfern konnten keine Verteidigungsspuren festgestellt werden; vermutlich wurden sie im Schlaf erschossen.

Die Leiche des vermeintlichen Täters (Alexander Tillich, 27 Jahre) liegt auf dem Bauch im Gras, etwa fünfeinhalb Meter vom Zelteingang entfernt. Die vermutliche Todesursache sind mehrere Stiche in Bauchraum und Rücken; der Exitus erfolgte nach wenigen Minuten.

Zum Tathergang wurde die Ehefrau und Mutter der Opfer (Sandra Lietzkow, 33 Jahre) als Zeugin einvernommen, welche folgende Auskünfte geben konnte: Bis zum Abend verlief der Ausflug von Familie Lietzkow ohne besondere Vorkommnisse. Gegen 20 Uhr legte sich die Tochter im Zelt schlafen, circa zweieinhalb bis drei Stunden später folgten die Eltern. Frau Sandra Lietzkow gab an, dass ihr Mann sich zur gemeinsamen Tochter in die Schlafzelle legte, da sie sich krank fühlte und nicht riskieren wollte, ihn oder das Kind anzustecken. Spätnachts (vermutlich zwischen halb eins und zwei Uhr früh) schreckte Frau Sandra Lietzkow hoch, weil sie (Zitatbeginn) zwei laute Knalle gehört hatte (Zitatende). Sofort öffnete sie den Reißverschluss ihrer Schlafzelle und konnte einen großen, kräftig gebauten Mann erkennen, der eine Waffe in der Hand hielt. Frau Lietzkow rief laut um Hilfe, worauf der Mann augenblicklich die Flucht ergriff und von der Zeugin verfolgt wurde. Im Handgemenge, so sagt Frau Lietzkow weiter aus, habe sie ihn dann mehrmals mit dem Jagdmesser ihres Gatten gestochen, woraufhin der als Alexander Tillich identifizierte Täter an Ort und Stelle verstarb."

So sahen also die harten Fakten aus; ein gewalttätiger Mann ging in den Wald, lauerte einer harmlosen Familie beim Camping auf und ermordete fast alle ihre Mitglieder, bevor er selbst von einer selbstbewussten und außerordentlich mutigen Rachegöttin mit dem Tod bestraft wurde. Basil Riemer konnte nicht anders, als sich Sandra Lietzkow als eine der drei Erinnyen vorzustellen, als Tisiphone, welche rasche Vergeltung für die kaltblütigen Morde übte.

Sie ist ohne Zweifel eine bemerkenswert starke Frau, dachte er anerkennend bei sich und heftete seinen Blick auf das Foto des erstochenen Alexander Tillich. Bemerkenswert in jeder Hinsicht.

Drei

Als Sandra Lietzkow auf ihn zukam, straffte sich Basil Riemer; er wollte stark wirken und sich der schwierigen Situation gewachsen zeigen, wie einer, der es ertragen konnte, den Kummer anderer auf sich zu nehmen. „Wie geht es Ihnen?", fragte er und schalt sich sofort im Stillen, weil er allein die Hoffnung, es könne sich ein Mensch, der erst vor Kurzem durch die sprichwörtliche

Hölle auf Erden gegangen war, nur ansatzweise anders fühlen als schlecht, für verwerflich hielt. „Ich meine …“, er atmete verzagt und hörbar durch den Mund, „… danke, dass Sie gekommen sind.“

„Ist schon gut“, antwortete Sandra Lietzkow tapfer, während jedoch ihre Miene eine ganz andere Geschichte erzählte. „Ich will es nur schnell hinter mich bringen!“

„Das verstehe ich.“ Basil Riemer wies ihr den Weg mit einer unter diesen Umständen doch recht einladenden Handbewegung. „Ich schlage vor, wir folgen derselben Route, die Sie und Ihre Familie an jenem Tag genommen haben.“

„Ich weiß nicht, was Sie sich davon erhoffen.“ Sandra Lietzkows Augen blitzten ihn vorwurfsvoll an. „Ich habe doch alles schon zu Protokoll gegeben!“ Sie gab ein recht hohes Tempo vor, als führten ihre Schritte über glühende Kohlen. „Ich werde Ihnen nichts anderes erzählen“, fauchte sie über die linke Schulter nach hinten, und Basil Riemer, der nicht versuchte, den knappen Abstand aufzuholen, weil er ihr etwas Zeit geben wollte, um sich zu beruhigen, begann, seine vielfältigen Eindrücke von dieser doch außergewöhnlichen Frau zu deuten.

Sandra Lietzkows Erscheinung war von zwei Merkmalen besonders geprägt: Einerseits war sie ohne Zweifel überdurchschnittlich attraktiv. Ihre schlanke und sportliche Figur hatte außerdem alle Vorzüge der reifen Weiblichkeit, und ihr ausnehmend schönes Gesicht erstrahlte in gesunder Frische und in jugendlichem Teint.

Andererseits ging von Sandra Lietzkow eine ursprüngliche Kraft aus, die auf besondere, vielleicht sogar irritierende Weise in einem harmonischen Widerspruch zu ihrem Körper stand. Nämlich insofern, als im Gegensatz zu dessen sanfter, wohlfülliger Gestalt etwas Wildes, Raubtierhaftes in ihm verborgen lag; eine Leidenschaft, die zwar noch geweckt werden musste, die aber, erst einmal entfesselt, auch gefährlich werden konnte.

Basil Riemer betrachtete die Frau vor sich; entschlossen und zügig folgte sie dem Weg, ohne einen Blick zur Seite oder nach hinten zu richten. Was mochten ihre Gedanken, was ihre Gefühle in diesen Minuten sein? Wie er es auch drehte und wendete, Basil Riemer kam nicht darauf, und das Bild, das er gehofft hatte, sich hier und jetzt von ihr machen zu können, ließ sich schwer zusammenfügen. Denn nicht alle Teile passten.

Vier

„Darf ich Sie etwas fragen?"

Basil Riemer beschleunigte seinen Schritt und kam gleichauf mit Sandra Lietzkow.

„Deswegen haben Sie mich doch hierher bestellt, oder etwa nicht!?"

„Natürlich ...", er musste seine Worte mit mehr Bedacht wählen, wenn er dieser Frau, die vorsichtig und lauernd wie eine Wildkatze war, etwas entlocken wollte, „... und ich schätze Ihre Bereitschaft!"

„Was wollen Sie wissen?" Sandra Lietzkow blieb abrupt stehen und wandte sich ihm zu. „Und hören Sie damit auf, mir etwas vorzumachen!" Sie blickte ihn herausfordernd, ja fast bitterböse an. „Stellen Sie schon ihre lächerlichen Fragen!"

Basil Riemer war wie vor den Kopf gestoßen; mit solch einer Reaktion hatte er nicht gerechnet. Weswegen war Sandra Lietzkow ihm derart feindlich gesinnt? Alles, was er wollte, sollte doch eigentlich auch in ihrem Interesse liegen: die endgültige Lösung der Frage, warum ein wildfremder Mann sie überfallen und ihre ganz Familie getötet hatte.

„Hatten Sie irgendwann an diesem Tag das Gefühl, verfolgt oder beobachtet zu werden?" Basil Riemer versuchte, sich seine Verwirrung über Sandra Lietzkows Benehmen nicht anmerken zu lassen, und schlug daher bewusst einen äußerst förmlichen Ton an. „Oder gab es andere Anzeichen?"

„Was soll das heißen?" Sandra Lietzkow schüttelte kaum merklich den Kopf, als wäre sie von etwas enttäuscht, und presste ihre Lippen fest aufeinander, wodurch diese wie ein blutender Schnitt aussahen oder wie eine unverrückbare Grenze, die ihr Gesicht zwischen Kinn und Nase teilte.

„Was ich damit sagen wollte, ist ..."

Aber noch bevor Basil Riemer ihr erklären konnte, was er mit seiner Frage gemeint hatte, setzte sich Sandra Lietzkow demonstrativ wieder in Bewegung und wiederholte laut und deutlich ihre Zeugenaussage; Wort für Wort, wie sie im Protokoll stand. Was Basil Riemer wiederum dazu veranlasste, seine innere Aufmerksamkeit auf das zu lenken, was ihn von Anfang daran gestört hatte: der schlichte Umstand, dass es keine vernünftige Erklärung dafür gab, dass sich Alexander Tillich in dieser Gegend aufgehalten hatte.

Die Spurensicherung hatte ihre Arbeit abgeschlossen und den Tatort freigegeben. Gleichzeitig hatte Basil Riemer begonnen, das Terrain zu erkunden und sich

Notizen zu machen. Seit er bei der Polizei arbeitete, schrieb er seine Beobachtungen in etwa handflächengroße Ringblöcke, von denen er in jeder Tasche zumindest einen bei sich trug. Dadurch kam einerseits ein beachtlicher Papierverbrauch zustande, andererseits entstand dadurch eine Art Leistungsdruck, sich alles notieren zu müssen, mochte es im ersten Augenblick auch noch so unbedeutend erscheinen. Vor dem Treffen mit Sandra Lietzkow hatte Basil Riemer ebendiese Aufzeichnungen noch einmal durchgelesen und war dabei auf etwas recht Unerklärliches gestoßen, wodurch ihm die momentane Lösung des Falles nicht nur nicht schlüssig, sondern sogar falsch vorkam:

„Unweit des Tatorts wurden frische Essensreste und Zigarettenstummel gefunden. Es ist wahrscheinlich, dass diese Spuren vom Täter stammen, und sie legen nahe, dass er hier der Familie wissentlich auflauerte. Wie konnte A. T. wissen, dass L.s hier campierten? Zufall? Ich glaube nicht! Dieser Verdacht wird auch dadurch untermauert, dass A. T. eine Waffe mit sich führte (eine Tatabsicht könnte also schon bestanden haben) und A. T. hochwertige Markenkleidung trug, weswegen auch die Theorie, er sei ein Obdachloser, der die Kontrolle bei einem versuchten Raub verloren hatte, nicht zu halten war. Und nach einer Identitätsprüfung ohnehin hinfällig ist. Es bleibt also zu klären, woher A. T. (1) den Übernachtungsplatz von L. kannte und (2) welches Motiv er für die Tat hatte."

Darüber und über einiges mehr zerbrach sich Basil Riemer den Kopf, während er hinter Sandra Lietzkow herdackelte. Und er spürte, dass die Antwort zum Greifen nah war, wenn er jetzt nur die richtige Frage stellte.

Fünf

„Wann bekomme ich Ihren Abschlussbericht?", fragte der Chefinspektor und winkte Basil Riemer energisch zu sich ins Büro, was nie ein wirklich gutes Zeichen war. „Der Fall scheint doch recht eindeutig zu sein!?"

„Ich bin mir da noch in ein paar Punkten unschlüssig!"

„Als da wären?" Der Chefinspektor hob kritisch seine Augenbrauen und spitzte die glänzenden Lippen, als wollte er auf den Boden ausspucken.

„Ich weiß es nicht", gestand Basil Ricmer mit einem verlegenen Lächeln und setzte sich auf der Besucherseite des Schreibtisches hin. „Es ist ein Gefühl ..."

„Ein Gefühl?" Der Chefinspektor sagte das Wort so, als kaue er darauf herum. „Was für ein Gefühl soll das sein, Riemer? Erkennen Sie es nicht, wenn die Lösung direkt vor Ihren Augen steht?" Er atmete wie nach einer Enttäuschung schwer aus. „Warum müssen Sie jedes Mal die Untersuchungsergebnisse anzweifeln?"

„Das tue ich gar nicht", verteidigte sich Basil Riemer, „ich bin mir nur bei deren Deutung nicht sicher."

„Ich sage Ihnen etwas, Riemer!" Der Chefinspektor reckte sein Kinn nach vorne und verschränkte seine Finger ineinander, was zwei untrügliche Anzeichen dafür waren, dass er die Diskussion für beendet hielt. „Fakt ist: Alexander Tillich hat den Ehemann und die Tochter dieser Frau erschossen, und sie hat all mein Mitgefühl. Und dass sie diesen Dreckskerl dann selbst fertiggemacht hat, dafür gebührt ihr nicht nur Respekt, sondern auch ein Orden, wenn Sie mich fra..."

„Wenn es so war." Basil Riemer war über seinen Mut, den Chef zu unterbrechen, selbst überrascht. „Ich meine ..."

„Was Sie meinen, tut hier nichts zur Sache! Die Ermittlungen stimmen mit den Aussagen von Frau Lietzkow völlig überein! Der Fall ist für mich daher sonnenklar, und ich erwarte mir von Ihnen, dass Sie das auch zur Kenntnis nehmen, Riemer! Haben Sie mich verstanden?"

Basil Riemer nickte; es hatte ihm die Sprache verschlagen.

„Dann erwarte ich bis morgen Ihren Bericht." Der Chefinspektor zeigte durch seine kämpferisch aufrechte Körperhaltung, dass er definitiv keine andere Antwort als Ja gelten ließ.

Basil Riemer ging aus dem Büro und entfernte sich einige Meter. Als er außer Sichtweite war, fiel die Anspannung von ihm ab wie eine Fessel, und er konnte seine Gedanken wieder sortieren.

Ich habe einen Tag, vielleicht dreißig Stunden, dachte er.

Dann holte er kurz entschlossen sein Mobiltelefon heraus und wählte Sandra Lietzkows Nummer.

„Hallo?"

Die Stimme klang zwar fest, aber Basil Riemer hörte darin auch Angst mitschwingen, was ihm sofort das Gefühl gab, vielleicht doch einen Fehler gemacht zu haben. Aber jetzt konnte er nicht mehr zurück; er musste alle Zweifel endgültig ausräumen. „Hier ist Inspektor Riemer, von der Mordkommi..."

„Ich weiß, wer Sie sind." Sandra Lietzkow klang jetzt unruhig, beinahe etwas nervös. „Was wollen Sie von mir?"

„Ich hätte noch ein paar Fragen an Sie", sagte Basil Riemer. „Können wir uns treffen?"

Sechs

Es roch stark nach Wald und feuchtem Boden; Basil Riemer sog den Duft durch die Nase ein und vergaß für einen Moment die Situation.

„Es ist ein schöner Ort", rief er Sandra Lietzkow nach.

„Was?"

Sie war stehen geblieben und wischte sich mit dem Handrücken über die schweißnasse Stirn, während sie sich mit der anderen Hand Luft zufächelte.

„Ich sagte, es ist sehr schön hier."

Basil Riemer folgte Sandra Lietzkows Blick, der einmal in der Runde ging, ohne jedoch an einer bestimmten Stelle hängen zu bleiben; so als taxierte sie Bäume, Pflanzen und Steine, um sie in einer inneren Landkarte einzuschreiben.

„Ja, ist es", antwortete sie ungerührt.

„Sind Sie und Ihre Familie oft hierhergekommen?"

Basil Riemer wollte das Gespräch wieder in die geordneten Bahnen einer polizeilichen Befragung zurückführen und wählte dafür einen etwas ernsteren Tonfall.

„Nein." Sandra Lietzkow sah sich nochmals um, als wollte sie sich vergewissern, aber Basil Riemer spürte, dass ihr seine Frage oder die Erinnerung, welche diese ausgelöst hatte, tatsächlich unangenehm war. „Ich bin mit meinem Mann das erste Mal in dieser Gegend gewesen." Dann lächelte sie verlegen. „Er und Klara waren die Bergfexe in der Familie, mich hat das nie so richtig interessiert. Ich bin ein totaler Stadtmensch."

„Was war an diesem Tag anders?"

Basil Riemer studierte ihre Mimik und jede Regung ihres Körpers, der, erhitzt von der körperlichen Anstrengung des Aufstiegs, in der kühlen Waldluft zu dampfen schien.

„Wie meinen Sie das?"

„Ich meine damit, warum Sie sich entschlossen haben, gerade an diesem Tag mitzukommen", er sah ihr dabei fest in die Augen, „wenn Sie doch sonst nie mitgegangen sind?"

„Woher soll ich das wissen?" Sofort hatte Sandra Lietzkow auf Verteidigung umgestellt. „Wissen Sie denn immer, warum Sie was tun?" Deutlich konnte man sehen, wie sich ihre Kiefermuskeln im Zorn bewegten. „Was wollen Sie mir damit überhaupt unterstellen?"

„Nichts!" Basil Riemer machte eine schnelle, beschwichtigende Handbewegung. „Ich wollte Ihnen nicht zu nahetreten, entschul..."

„Dann stellen Sie gefälligst andere Fragen!" Sandra Lietzkow hatte sich wieder vollends gefasst. „Ich bin freiwillig hier!"

„Wofür ich Ihnen auch sehr dankbar bin!"

„Gut." Sie musterte ihn, als könnte sie seine geheimsten Gedanken lesen. „Vergessen Sie das bloß nicht!"

„Nein." Basil Riemer wusste nicht, was er sonst hätte antworten sollen; er durfte nicht riskieren, dass Sandra Lietzkow einfach kehrtmachte, nur weil er unfähig dazu war, eine subtilere Art der Zeugenbefragung durchzuführen. „Was halten Sie davon, wenn wir weitergehen?"

Sandra Lietzkow sah ihn mit gemischten Gefühlen an; sie traute ihm wohl ebenso wenig über den Weg wie Basil Riemer ihr.

„Machen wir das", sagte sie, und es klang spontan und wie eine Einladung oder Bitte, „aber jetzt gehen Sie voran."

Sieben

In seinen Notizen fand sich noch ein weiterer Gedanke, der Basil Riemer ebenfalls lange beschäftigt hatte, ohne dass er dabei jedoch auf eine zufriedenstellende Erklärung gekommen wäre. Die Frage lautete: Weshalb war Alexander Tillich geflohen, als er von Sandra Lietzkow entdeckt worden war? Zum einen war er bewaffnet, zum anderen war in dieser Abgeschiedenheit keine Hilfe zu erwarten gewesen! Weshalb also hat er nicht auch die Frau erschossen, nachdem er bereits deren Ehemann und Tochter getötet hatte, sondern stattdessen die Flucht ergriffen?

Ein anderes Rätsel war, wie es Sandra Lietzkow fertiggebracht hatte, einen Mann von dieser körperlichen Größe und Kraft zu überwältigen und darüber hinaus einen Zweikampf auf Leben und Tod für sich zu entscheiden. Mehr noch: Wie konnte sie mit einem Messer etliche Male zustoßen, ohne selbst dabei verletzt zu werden, der Angreifer hatte sich doch bestimmt gewehrt?!

Basil Riemer spielte die so beschriebene Mordszene wieder und wieder in seinem Kopf durch. Aber wie er es auch drehte und wendete, es funktionierte nicht; die Informationen, die er hatte, konnten nicht stimmen. Und allmählich wurde ihm klar, dass die einfachste und schnellste Lösung in diesem Fall nicht gleichzeitig auch die richtige war!

Acht

„Woher hatten Sie das Jagdmesser?" Basil Riemer war plötzlich stehen geblieben, und Sandra Lietzkow hätte ihn fast von hinten gerammt. „Ich meine, haben Sie mit dem Messer unter dem Kopfkissen geschlafen?"

„Haben Sie noch mehr solcher Fragen auf Lager?"

Sie sah ihn an, als hätte er eine zwar unsichtbare, aber allgemein anerkannte rote Sperrlinie überschritten.

„Sie dürfen es mir nicht verdenken", sagte Basil Riemer und wechselte von einem Bein aufs andere, weil sie auf einem schmalen Wegstück standen und er sein Gewicht intuitiv zum Hang hin verlagerte, „aber es ist schon einigermaßen verwunderlich ..."

„Ist es nicht!" Sandra Lietzkow schaute ihn durchdringend an; ihre Nasenflügel blähten sich, und abermals bewegten sich nervös ihre Kaumuskeln. „Mein Mann hatte bei seinen Ausflügen in die Berge immer ein Messer dabei, und ich wusste, wo er es in seinem Rucksack aufbewahrte." Angestrengt versuchte sie, in Basil Riemers Mimik zu lesen, während sie ihren Monolog, wie von einer trauernden Witwe erwartet, andächtig fortsetzte. „Eugen hatte immer wieder gesagt, man könne nicht vorsichtig genug sein, und dieser Vorfall ...", plötzlich hatte sie, wie auf Kommando, Tränen in den Augen. „Die Ermordung von meinem Baby hat doch bewiesen, wie recht er damit gehabt hat, die Welt als gefährlichen Ort zu sehen, wo man gewappnet sein und sich mitunter verteidigen muss ..."

Für Basil Riemer klang das alles wie auswendig gelernt, und während er nach außen hin einen durchaus interessierten Eindruck machte, verlor er sich insgeheim in der Erinnerung an ein Gespräch, welches er vor Kurzem in der Gerichtsmedizin geführt hatte:

„Sie kommen wegen der Obduktionsberichte von Eugen und Klara Lietzkow", sagte der Pathologe, ohne es eindeutig wie eine Frage oder Feststellung klingen zu lassen, „ich habe sie Ihnen vor ein paar Stunden schicken lassen!"

„Deswegen bin ich nicht hier", antwortete Basil Riemer energisch und genoss für den Moment die sprachlose Verwunderung des Arztes.

„Was verschafft mir dann die Ehre?"

„Ich möchte Ihre Einschätzung zu Alexander Tillich wissen."

Der Pathologe sah ihn groß an und schmunzelte: „Der ist tot!"

„Was Sie nicht sagen!" Basil Riemer verzog sein Gesicht zu einem beinahe äffischen Lächeln. „Geht's auch etwas genauer?"

„Was wollen Sie wissen?"

Der Arzt ging zu seinem Aktenschrank und zog eine der unzähligen beigefarbenen Mappen heraus, die er wie eine Illustrierte aufschlug, um darin zu blättern.

„Ist Ihnen vielleicht etwas Ungewöhnliches aufgefallen?", erkundigte sich Basil Riemer; aber die Unsicherheit seiner Stimme verriet, dass er keinem konkreten Verdacht, sondern nur einer inneren Eingebung folgte.

„Nichts Ungewöhnliches, nein." Der Arzt grinste selbstgefällig. „Wenn Sie nicht wissen, wonach Sie suchen, kann ich Ihnen auch nichts anderes sagen, als dass der Kerl erstochen wurde!" Er betrachtete den Obduktionsbericht mit der Umrissfigur der Leiche und seinen handschriftlichen Notizen darauf. „Zweimal von vorne in den Bauch und drei-, viermal von hinten zwischen die Schulterblätter."

„In dieser Reihenfolge?"

Basil Riemer war leicht aufgeregt.

„Was meinen Sie?"

„Ich will wissen, ob Alexander Tillich zuerst von vorne in den Bauch und anschließend von hinten attackiert wurde."

Der Pathologe warf einen Blick in den Obduktionsbericht: „Den Wundgängen zufolge muss es so gewesen sein, ja", er las mit sich bewegenden Lippen die betreffende Passage, „die beiden Bauchstiche wurden von unten nach oben geführt, die hinteren von oben nach unten ..."

„Was heißt das im Klartext?"

„Das soll heißen, dass Alexander Tillich zuerst von vorne erstochen wurde, etwa so ...", der Arzt stellte sich vis-à-vis von Basil Riemer hin und deutete eine Bewegung der Hand von unten nach oben an, wobei ein Messer in der Höhe des Bauchnabels eingedrungen wäre, „... dann muss er in einer Halbdrehung auf die Knie gesunken sein, worauf ihm in die obere Rückenpartie gestochen wurde." Zur Erklärung machte der Pathologe auch hierzu die entsprechende Armbewegung; von oben nach unten. „Ja, so muss es gewesen sein."

„Es besteht darüber kein Zweifel?"

Basil Riemer wusste nicht, ob er die Antwort mehr fürchtete als erwartete.

„Kein Zweifel!"

Neun

„Ist damit Ihre Frage beantwortet?"

Sandra Lietzkow schaute ihn ungeduldig an.

„Ja", sagte Basil Riemer geistesabwesend; er hatte die Frage gar nicht bewusst gestellt, zu sehr war er mit jenen Gedanken beschäftigt, die ihn allmählich zu einer schrecklichen Gewissheit führten.

„Sonst noch etwas?" Sandra Lietzkow schien die Rolle gewechselt zu haben und jetzt an seiner Stelle das Verhör zu führen. „Oder gehen wir endlich weiter?"

Basil Riemer reagierte wie automatisch und setzte den Weg fort, ohne einen weiteren Kommentar abzugeben, aber der innere Kampf, den er führte, wurde von seiner Körpersprache nur zu deutlich verraten; der verkniffene Zug um Mund und Augen, die hochgezogenen Schultern und eng anliegenden Arme, die zu Fäusten geschlossenen Hände und der fast schon gestelzte Marschschritt. Ohne Zweifel beschäftigte ihn etwas, das wichtig, ja vielleicht sogar entscheidend für den Fall und seine Lösung war; die weiterhin offene Frage: Wie schaffte es Sandra Lietzkow, Alexander Tillich zu überwältigen? Dafür konnte es nur zwei Erklärungen geben, dachte Basil Riemer angestrengt:

Der fliehende Alexander Tillich drehte sich um, weil er seinen Plan zu Ende führen und auch Sandra Lietzkow töten wollte, sie aber hatte bereits aufgeholt und Alexander Tillich, der von dem Angriff überrascht wurde, niederstechen können, ohne selbst von ihm verletzt zu werden.

– oder –

Sandra Lietzkow stand direkt vor Alexander Tillich, der mit der Attacke nicht gerechnet hatte und daher ein leichtes Opfer gewesen war.

Beide Antworten waren möglich. Basil Riemer wusste das, und er erkannte auch die Gefahr, in die er sich gebracht hatte. Heiß durchfuhr ihn die schockierende Einsicht, und er zuckte unwillkürlich zusammen.

„Ist was?", fragte Sandra Lietzkow, klang jedoch alles andere als besorgt.

„Nichts. Mir ist nur gerade etwas eingefallen." Basil Riemer drehte sich zu ihr um, bemüht, ihr seine Aufregung nicht zu zeigen, aber ...

Sandra Lietzkow drückte sich fest an ihn, und Basil Riemer konnte ihr ganzes Gewicht spüren, das sie auf den schmerzenden Punkt in seinem Bauch legte. Mit einem schnellen Ruck zog sie das Messer nach oben und drehte es, unterhalb seines Brustbeins, ein Stück weit nach rechts, worauf er ein leises Stöhnen von sich gab und tot in sich zusammensackte.

Epilog

„SPEKTAKULÄRE WENDUNG IM MORDFALL LIETZKOW"

Nach dem grausigen Fund der Leiche des Ermittlers Basil Riemer hat die Polizei Sandra Lietzkow, 33 Jahre alt, als dringend tatverdächtig zur Fahndung ausgeschrieben. Der jungen Frau, die als außerordentlich gefährlich und rücksichtslos gilt, werden sowohl die vorsätzliche Tötung des leitenden Exekutivbeamten als auch die heimtückische Ermordung von Alexander Tillich vorgeworfen, mit dem sie sich zuvor zum Doppelmord an ihrem Ehemann und der gemeinsamen Tochter verabredet haben soll. Wie erst jetzt aus sicheren Quellen bekannt wurde, führten Sandra Lietzkow und Alexander Tillich über mehrere Monate hinweg eine geheime Liebesbeziehung, in welcher auch der Plan zum gemeinschaftlichen Mord entstanden sein soll. Weshalb Sandra Lietzkow letztlich ihren Komplizen getötet hat, liegt beim derzeitigen Stand der Nachforschung jedoch im Bereich der Spekulation. Trotzdem verdichten sich die Hinweise darauf, dass die Verdächtige den einzigen Mitwisser ihres Vorhabens, das Vermögen und den Besitz ihres Gatten an sich zu bringen, beseitigen wollte.

Die Rekonstruktion des brutalen Verbrechens hat nun zweifelsfrei gezeigt, dass Alexander Tillich zum Zeltlager der Familie Lietzkow geschlichen war, wo er Egon und Klara Lietzkow im Schlaf erschossen hat. Er selbst wurde dann von Sandra Lietzkow, wahrscheinlich überfallsartig und während einer Besprechung über das weitere Vorgehen, erstochen.

Dagegen lagen bei Redaktionsschluss noch keine näheren Details zur Ermordung Basil Riemers vor. Es ist jedoch zu erwarten, dass aufgrund der jüngsten Ereignisse eine interne Untersuchung eingeleitet werden wird.

Wiebke Lorenz

Ausgerechnet Achensee!

Kurzkrimikomödie

*Vorbemerkung: Sämtliche Personen und
Ereignisse in dieser Geschichte sind komplett und
total und absolut erfunden. Ehrlich!*

Eins

Wusel Wassergeist. Wer auch immer Henri Winter diese Botschaft geschrieben hatte – er oder sie schien Humor zu haben. Eine ziemlich kranke Art von Humor zwar, aber immerhin Humor. Wusel Wassergeist. Gedankenverloren schüttelte Henri den Kopf.

Beinahe hätte er laut aufgelacht. Ja, das hätte er. Wenn die Nachricht, die er vor einer halben Stunde aus seinem Briefkasten gefischt hatte, nicht so verstörend, nicht so ungeheuerlich gewesen wäre.

Noch einmal betrachtete er den Zettel in seiner Hand. Las die großen Druckbuchstaben, die jemand in dramatischem Rot zu Papier gebracht hatte:

ICH WEISS, WER ANNA ERMORDET HAT,
UND HABE BEWEISE.
FOLGE DEN SCHWINGEN DES ADLERS UND
FLIEG HOCH HINAUS.
GIB DICH DANACH ZU ERKENNEN, DANN
ERFÄHRST DU ES AUCH.
MEIN ERSTER HINWEIS IST EIN „M".
WUSEL WASSERGEIST

Anna. Henris Frau. Drei Jahre war es nun schon her, dass man sie in der Elbe gefunden hatte. Kurz vor Blankenese hatten Kinder ihre Leiche in einer Böschung entdeckt und Alarm geschlagen. Laut Gerichtsmedizin hatte sie erst wenige Stunden im Wasser gelegen und wies einen beachtlichen Blutalkoholwert von 2,7 Promille auf. Wäre da nicht die Stichverletzung gewesen, man hätte es für einen tragischen Unfall halten können. Oder für Selbstmord. Nur, wie die Erfahrung zeigt: Die wenigsten Leute bringen sich mit einem Messer im Rücken um. Anna Winter, bei allen beliebt, von allen geschätzt, immer ein Lächeln auf den Lippen, ein fröhlicher Sonnenschein. Mit ihrem reizenden österreichischen Dialekt, der selbst die Herzen wortkarger Hamburger zum Schmelzen brachte. Wer sie ermordet hatte, blieb ein Rätsel, der Täter wurde nie gefasst. Wochenlang tappte die Polizei im Dunkeln, befragte Freunde, Kollegen und Verwandte – so auch Henri – nach möglichen Motiven für Annas gewaltsamen Tod. Begleitet wurden die Ermittlungen von einem großen Medienspektakel, denn die junge Frau verschied netterweise mitten im Sommerloch mit äußerst mauer Nachrichtenlage, sodass ihr hübsches Konterfei über Wochen die Titelseiten der Gazetten schmückte.

Mit Schaudern erinnerte Henri sich nun an diese Zeit zurück, in der er nicht nur mit seiner eigenen Trauer, sondern auch noch mit Paparazzi im Vorgarten seiner Villa zu kämpfen gehabt hatte. Und mit der Polizei, die ihn wieder und wieder behelligte, bis er durch ein Alibi seiner lieben Frau Mutter von jeglichem Verdacht freigesprochen wurde, denn zum Tatzeitpunkt hatte er sie zu ihrem wöchentlichen Bridge-Turnier draußen in Poppenbüttel kutschiert und im Auto auf sie gewartet. Überhaupt war allein die Vorstellung, Henri hätte seiner Frau etwas angetan haben können, absolut absurd. Er hatte Anna schließlich mehr als sein eigenes Leben geliebt!

Irgendwann, nach ein paar Monaten, war das Interesse an dem Fall erstorben, das Leben wieder in geregelten Bahnen gelaufen. Die bunten Blätter und Boulevardmagazine, sie vergaßen Anna, die ermittelnden Beamten schlossen ihre Aktendeckel – und Henri machte sich daran, sich mit einem Dasein als fünfunddreißigjähriger Witwer zu arrangieren. Was ihm leichter fiel als gedacht; als echtem Hanseaten war ihm eben ein gewisser Pragmatismus von Geburt an zu eigen. Man zeigte nicht, was man fühlte. Wenn möglich fühlte man es erst gar nicht.

Und jetzt das: Wusel Wassergeist! Henri wusste, wer das war. Oder vielmehr: was. Das grünblaugelbe Maskottchen vom Achensee in Tirol. Annas Heimat, die sie vor fünf Jahren für ihn verlassen hatte. Mehr als einmal hatte sie gesagt, wie gern sie mit Henri wieder dorthin ziehen würde, zurück nach Pertisau am „Tiroler Meer" mit seinem türkisblauen Wasser, eingebettet in eine postkartentaugliche Bergkulisse. Ja, sogar ziemlich häufig hatte sie kurz vor ihrem Tod von ihrem „Herzenssee" gesprochen. Von ihrer Sehnsucht danach, am Ufer zu sitzen und ihre Füße ins Wasser baumeln zu lassen. Immerhin: Ihre letzte Ruhe hatte Anna im kühlen Nass gefunden – wenn auch nur im schlammigen Brackwasser der Elbe. Aber niemand kann im Leben alles haben, und im Tod erst recht nicht.

Wusel Wassergeist also. Und der erste Hinweis: „M". Henri zerknüllte den Zettel in seiner Hand. Seufzte tief. Griff dann zum Telefon, um sich in seiner Firma – seiner eigenen Werbeagentur – für ein paar Tage abzumelden. Denn die Sache war klar: Er musste nach Tirol! Genauer gesagt, nach Pertisau.

Zwei

Zu sagen, es sei Liebe auf den ersten Blick gewesen, wäre gelogen. Eher Liebe nach dem dritten Jagertee. Vor fünf Jahren, in Sölden, unterm beheizten Schirm einer rappelvollen Après-Ski-Bar, hatte Henri Anna entdeckt. Hinreißend hatte sie ausgesehen, eine zierliche Gestalt in enzianblauem Dirndl, mit langen blonden Haaren und jeweils drei Maßkrügen mit kühlem Blondem an jedem Arm. Er hatte sie nicht angesprochen, nicht an diesem Tag, denn als lallender Ski-Tourist hatte er sich keinerlei Chancen bei diesem Wunderwesen ausgerechnet.

Aber am nächsten Nachmittag kam Henri zurück, bestellte Almdudler und lächelte sie an, volle vier Stunden lang. Auch tags darauf das gleiche Programm: Almdudler trinken und lächeln. Fünf Tage lang hielt er durch, klammerte sich tapfer an seinen Almdudler, lächelte und lächelte und lächelte, während er von der grölenden Menge zum Sound von „Zehn nackte Frisösen" hin- und hergeschunkelt wurde. Dann endlich, bei Almdudler Nummer 47, sprach sie ihn an. Fragte ihn, ob ihm nicht langsam übel wurde von all der Kräuterlimonade und ob er nicht mal was anderes trinken wolle. Henri, der alte Werbetexter, hatte sofort eine passende Antwort parat: „Nur ein einziger Blick in deine Augen weckt in mir einen Durst, den kein Getränk der Welt stillen kann."

Der Rest der Geschichte ist schnell erzählt: Anna kündigte ihren Job beim Gaudi-Luzie-Wirt – zu dem war sie ohnehin nur verdonnert worden, um sich als Alleinerbin des elterlichen Hotelbetriebs in Pertisau am Achensee auch ein wenig mit den unschönen Seiten des Extrem-Tourismus vertraut zu machen und dabei zu erkennen, wie gut sie es im heimischen Unternehmen haben würde – und folgte Henri nach Hamburg in den hohen Norden. Im Jahr darauf überzeugte er sie nach längeren Diskussionen davon, sich ihr Erbe auszahlen zu lassen, woraufhin ihre Eltern das Hotel verkaufen und eine Zeit lang therapeutische Hilfe in Anspruch nehmen mussten, da sie urplötzlich nicht nur von ihrer einzigen Tochter, sondern darüber hinaus auch noch von ihrer bis dahin sicher geglaubten Zukunft im Austragshäusel Abschied nehmen mussten. Aber, so versicherten sie Anna, sie hegten keinerlei Groll gegen Henri oder sie. Denn so waren sie eben, die jungen Leute: Wenn die Liebe einschlug, setzte bei den meisten der Verstand aus.

Dass Annas Vater bei einem Besuch in ihrem neuen Hamburger Heim und nach dem Genuss einer halben Flasche „Küstennebel" seinem Schwiegersohn in spe mitteilte, dass er ihm nie verzeihen würde, seine Tochter „verschleppt" zu haben, und ihm darüber hinaus eine handfeste Tracht Prügel androhte, sollte er Anna jemals unglücklich machen: eine Anekdote am Rande, über die bei der Hochzeit ein weiteres Jahr später – ebenfalls in Hamburg – noch herzlich gelacht wurde.

Drei

Ja, Henri hatte sie geliebt, seine Anna. Dass sie neben ihrer Schönheit, um die ihn sämtliche Hamburger Freunde beneideten, auch noch ein großes Barvermögen mit in die Ehe brachte, tat seiner Liebe zu ihr keinen Abbruch. Allerdings: Er hatte von ihrem Geld nie etwas angerührt, keinen einzigen Cent. Jedenfalls nicht bis zu ihrem tragischen Tod, danach erlaubte er sich, den einen oder anderen Euro in seine Agentur zu investieren, die im Zuge der Medienkrise ein wenig Schlagseite hatte. Anstandshalber hatte er damit allerdings sogar bis zuletzt gewartet. Erst vor Kurzem, als es gar nicht mehr anders ging, hatte er ein wenig von Annas Erbe abgezweigt und eine unbedeutende Summe in seine Firma fließen lassen. Zweihunderttausend, geradezu lachhaft angesichts der über zwei Millionen, die seine Anna ihm hinterlassen hatte. Und was war schon Geld? Er hatte seine große Liebe verloren, dieses Loch war niemals und mit keinem Betrag der Welt zu stopfen!

Und so hämmerte auch jetzt, als er nach zehn Stunden anstrengender Autofahrt in seinem BMW-SUV den nigelnagelneuen Hochstieg am Ortseingang von Pertisau passierte, nur eine einzige Frage durch seinen Kopf: Wer kannte Annas Mörder? Und warum hatte er oder sie ihm diese Botschaft geschrieben und nicht einfach angerufen? Eine altmodische Nachricht auf schlichtem Papier, das unterstrich doch gleich den Ernst der Lage. Mit diesem kryptischen „M" als erstem Hinweis. Henri musste in Erfahrung bringen, was das zu bedeuten hatte! Musste herausfinden, wen man des Mordes an seiner Frau bezichtigte!

Obwohl Anna aus Pertisau stammte, kannte Henri sich hier überhaupt nicht aus. Nur ein einziges Mal war er in den vergangenen fünf Jahren in Tirol gewesen: als er seiner späteren Frau dabei geholfen hatte, ihre Habseligkeiten nach Hamburg zu schaffen. Danach war irgendwie immer etwas dazwischengekommen, wenn Anna sich eine Reise mit ihm in die alte Heimat gewünscht hatte: mal die Florida Keys, mal die weißen

Sandstrände von Khao Lak, mal Inselhopping auf den Niederländischen Antillen.

„Warum denn ausgerechnet Achensee?", hatte Henri stets gefragt, wenn Anna Jahr für Jahr ihr geliebtes Pertisau ins Rennen für den nächsten Sommerurlaub schickte. „Was sollen wir in Tirol, wenn uns die ganze Welt zu Füßen liegt?"

„Weil es da schön ist!", hatte seine Frau immer erwidert. „Und weil ich da gern mal wieder hinwill, weil ich es vermisse, weil es für mich keinen schöneren Ort gibt auf der Welt."

„Liebling, wir fahren nächstes Jahr", hatte er ihr darauf stets versprochen.

Henri hatte dieses Versprechen nicht gehalten. Erst jetzt, als er auf einem Steg am Ufer saß, die nackten Füße im tatsächlich türkisblauen Wasser, während die „MS Tirol" wummernd an ihm vorüberzog, wurde ihm das bewusst. Und er musste sich angesichts der idyllischen Kulisse, die ihn umgab, zum ersten Mal den wahren Grund dafür eingestehen, mit Anna nie hier Urlaub gemacht zu haben: die Leute. Denn im tiefsten Innern seines Herzens wusste er, dass er, nachdem er Anna ihrer Heimat, ihren Eltern und ihren Freunden entrissen und sie dazu gebracht hatte, ein traditionsreiches Familienunternehmen aufzugeben, hier in Tirol nicht gerade große Chancen auf den Titel „Liebling des Monats" hatte.

Während er aufstand und seine Socken dazu benutzte, sich die Füße zu abzutrocknen, und anschließend barfuß in seine Budapester schlüpfte, musste er tatsächlich lachen. Absurd, dass er nun, nach Annas Tod, zum ersten Mal ein Hotel in diesem Ort betreten würde. Beinahe erheitert schlenderte er die Promenade entlang, um sich eine Bleibe für die Nacht zu suchen.

Vier

Semmel, Rührei, Speck – Henris Frühstück in dem kleinen Gasthof, den er für seinen Aufenthalt auserkoren
hatte, schmeckte ganz vorzüglich. Die klare Bergluft
kitzelte bei ihm ein paar Geschmacksnerven hervor,
die bisher offensichtlich brachgelegen hatten, anders
war seine Lust auf einen Nachschlag und noch einen
und noch einen nicht zu erklären. Während der Gastwirt und seine Frau ihn aufs Herzlichste umsorgten, ihn
nach seinen Plänen für den Tag fragten und im gleichen
Atemzug anboten, ihm ein paar Vorschläge zu unterbrei-
ten, wälzte Henri die Worte der Nachricht hin und her:
„Folge den Schwingen des Adlers ... flieg hoch hinaus ...
gib dich zu erkennen." Was sollte das nur bedeuten?

„Ist alles recht? Schmeckt's Ihnen nicht?" Die Frage
des Hoteliers ließ ihn aus seinen Gedanken aufschre-
cken.

„Doch, doch!", beeilte er sich zu versichern.

„Sie schauen aber gar nicht so aus!"

„Nein ... das heißt, ja", stotterte er. „Es ist nur, dass
ich mich frage, ob's hier vielleicht einen Adler gibt."

„Einen Adler?" Der Wirt kratzte sich ratlos am Kopf.
„Na ja, die sind zwar vom Aussterben bedroht, aber ein
paar Steinadler gibt's hier in den Alpen schon noch."

Henri schüttelte den Kopf und ärgerte sich über seine dämliche Frage. „Das meine ich nicht."

„Was meinen Sie denn dann?"

„Ja, äh, also ... Ein Freund hat mir empfohlen, mit
irgendwelchen Adlern zu fliegen, wenn ich nach Pertisau komme. Aber ich weiß nicht mehr genau, was er
damit gemeint hat."

„Ach so, das!" Sofort fing der Wirt an zu strahlen.
„Der meint bestimmt den AirRofan!"

„Den Aero...was?"

„Den Skyglider oben am Rofangebirge", er deutete aus dem Fenster auf einen Berg jenseits des Sees. „Da können Sie wie ein Adler fliegen. Soll echt was für Adrenalin-Junkies sein." Er senkte die Stimme. „Nicht mein Ding, aber den Leuten gefällt's. Den meisten."

Fünf

„AHHHHHHH! AHHHHHHH!"

Henri zweifelte an seinem Verstand. Vor wenigen Minuten hatte er sich an einem Fluggerät festzurren und per Seilvorrichtung 200 Meter hoch zum „Gschöllkopf" ziehen lassen, um nun mit 85 km/h ungebremst in die Tiefe zu rauschen. Sein Herz raste dabei wild und hektisch – wilder und hektischer noch als neulich, als er einen dicken Kratzer in der Beifahrertür seines neuen BMWs entdeckt hatte. Er befürchtete fast, es würde ihm jeden Moment aus der Brust springen, und tatsächlich fühlte er sich wie ein zu Tode erschrockenes Kaninchen in den Fängen eines Adlers.

Zugegeben, die Aussicht, die er von hier oben über das gesamte Tal und die umliegenden Gebirgsketten hatte, war schlicht überwältigend. Das satte Grün der Wälder und das tiefe Blau des Sees wirkten im strahlenden Sonnenschein schon beinahe surreal, wie die Fototapete in einem Jugendzimmer. Würde er es nicht mit eigenen Augen sehen, hätte er vermutet, dass bei diesem Szenario ein Grafiker mithilfe von Photoshop Hand angelegt hatte. Und er begriff plötzlich, was Anna gemeint hatte, wenn sie ihm so oft von der Einzigartigkeit der Bergwelt vorgeschwärmt hatte. Bis zu diesem Moment hatte er die Alpen ausschließlich als „Ballermann-Pendant" für Wintersportler angesehen, einen Ort, an dem Skilifte und Schirmbars wie Pilze aus dem Boden wuchsen.

Jetzt, über den Gipfeln schwebend, sah Henri die Sache mit völlig neuen Augen, und er hätte diesen Höhenflug sogar genossen, wenn er sich nicht so sehr darauf hätte konzentrieren müssen, nicht sein ausgiebiges Frühstück auf die Köpfe der Wanderer zu kotzen, die direkt unter ihm entlangstapften und interessiert nach oben zu dem Schreihals guckten. So aber fragte er sich, warum noch einmal er sich zu dieser Wahnsinnsfahrt entschieden hatte.

Ach ja, richtig, Anna, fiel es ihm wieder ein. Es ging um ihren Mörder. Er erreichte die Plattform der AirRofanStation und ließ sich mit zitternden Knien aus diversen Sicherheitsgurten und einer Schutzweste befreien, bevor er sich für einen kurzen Moment der Schwäche seufzend und mit geschlossenen Augen gegen eine Wand sinken ließ.

„Na?"

Henri zuckte unter dem kräftigen Schulterklopfen des Naturburschen, der ihn zuvor an das Höllengerät geschnallt hatte, zusammen. „Das war eine Gaudi, oder? Gleich noch einmal?"

„Nein!", schrie Henri auf. Fügte aber sogleich zivilisierter hinzu: „Nein, danke, das reicht."

„Ganz sicher?", fragte der Mann nach. „Heuer ist nicht so viel los, ich lass Sie sogar noch mal umsonst! Sie schreien so hübsch, das zieht die Leute an!"

Allein bei dem Gedanken spürte Henri den kross gebratenen Speck in seinem Magen erneut „Grüß Gott" sagen, aus reiner Vorsicht rückte er ein paar Schritte von seinem vermeintlichen Gönner ab. Und blieb dann etwas ratlos stehen, denn er hatte keine Ahnung, wie es nun weitergehen sollte. Er war also den Schwingen des Adlers gefolgt und war hoch hinaus geflogen. Was nun? Wie ging es jetzt weiter? Sollte er den Mann einfach frank und frei nach dem Mörder seiner Frau fragen? „Entschuldigen Sie bitte, aber nachdem ich gerade mit diesem Ding hier geflogen bin, könnten Sie mir wohl bitte verraten, wer meine Frau umgebracht hat?" Nein, Henri verwarf den Gedanken, das entsprach so gar nicht seiner Hanseaten-Art.

„Ja?" Der Mann musterte ihn abwartend und sichtlich amüsiert.

„Ähm."

„Gibt's noch was?"

„Ja, ähm ... Ich bin übrigens Henri." Gib dich zu erkennen, vielleicht war es das?

„Ich bin der Gustl", erwiderte der Mann.

„Schön."

„Find ich auch."

„Also, Henri", wiederholte Henri.

„Immer noch der Gustl."

„Tja, hm."

„Tja, hm." Mittlerweile sah auch der Mann etwas ratlos aus. Und da Henri weder vorhatte, noch einmal mit dem AirRofan zu fliegen, noch, mit Gustl eine neue Freundschaft zu gründen, beschloss er, den geordneten Rückzug anzutreten.

Das war doch auch alles Unsinn, warum war er überhaupt hierhergekommen? Offenbar hatte sich jemand mit ihm einen blöden Scherz erlaubt. Genau das musste es sein, irgendwer hatte sich einen makabren Spaß daraus gemacht, ihn nach Tirol zu locken und bis an die Brechgrenze zu treiben. Auf gar keinen Fall ging es hier um Annas Mörder! Wäre ja auch lachhaft, die Polizei hatte nach monatelangen Ermittlungen nichts herausgefunden, warum sollte irgendein geheimnisvoller „Wusel Wassergeist" plötzlich wissen, wer Henris Frau getötet hatte? Er würde jetzt die Gondel zurück ins Tal nehmen, mit dem Taxi ins Hotel fahren, seine Sachen ins Auto werfen und wieder nach Hamburg fahren. Jawoll!

Sechs

„Ach, Moment mal!" Der Mann schlug sich mit der flachen Hand vor die Stirn. „Sind Sie etwa der Henri Winter?"

„Äh ...", er zögerte kurz. „Ja", gab er dann zu, halb befürchtend, dass der AirRofan-Betreiber ihn soeben als Annas Witwer enttarnt hatte.

„Ich hab da was für Sie!", teilte der Mann ihm mit. „Moment." Er verschwand durch eine Tür, um wenige Augenblicke später mit einem Umschlag in der Hand zurückzukehren. „Das hat hier jemand vor zwei Tagen für Sie abgegeben." Er wedelte mit dem Kuvert, und tatsächlich konnte Henri die Aufschrift „Henri Winter" entziffern.

„Wer denn?", fragte Henri nach.

Der Mann zuckte mit den Schultern. „Keine Ahnung", sagte er. „Irgendein Typ. Hab ich noch nie gesehen. Er hat nur gemeint, Sie würden kommen und den Umschlag holen." Nun grinste er breit. „Hat mir 100 Euro gegeben, damit ich den verwahre."

„Danke", sagte Henri. Griff nach dem Brief und machte sich davon.

Fünf Minuten später saß er auf der Sonnenterrasse der Erfurter Hütte, vor sich ein helles Weizenbier (es war zwar noch lange nicht vier, aber in diesem Moment *musste* das einfach sein; außerdem hatte er in weiser Voraussicht ein Taxi zur Seilbahn in Maurach genommen, diese Investition musste sich schließlich nun auch lohnen) und ein paar Grillwürstel mit Pommes. Mit zitternden Händen machte er sich daran, den Umschlag zu öffnen, darauf gefasst, nur Sekunden später den Namen von Annas Mörder zu lesen.

Aber wenn böse Zungen hin und wieder behaupteten, Henri Winter sei nicht die allerhellste Kerze auf der Torte, mochten sie in diesem Moment tatsächlich recht behalten. Denn natürlich folgte auf einen „ersten Hinweis" nicht gleich des Rätsels Lösung. Sondern ein zweiter:

EINE BAHNFAHRT, DIE IST LUSTIG, EINE BAHNFAHRT, DIE IST SCHÖN ... DER NÄCHSTE HINWEIS IST EIN „I".
SUCHE DEN AKROBATEN DER GLEISE, DANACH BIS DU SCHON EIN BISSCHEN MEHR WEISE.

Henri wusste nicht, was ihn mehr ärgerte: dass er tatsächlich so blöd gewesen war, jetzt schon einen vollen Namen zu erwarten – oder die texterische Unfähigkeit des Verfassers, die man nur als „schauderhaft" bezeichnen konnte. Ein bisschen mehr weise? So etwas hätte Henri jedem seiner Kreativen um die Ohren gehauen! Das „Hinaus" und das „Auch" aus der ersten Botschaft mochte man ja mit ein wenig Wohlwollen noch als Reim durchgehen lassen – aber das hier?

Und überhaupt: M und I? Was konnte man damit schon anfangen? Mission Impossible? So kam ihm die Sache hier jedenfalls langsam vor.

Er nahm sein Weizenbier und stürzte es hinunter. Danach holte er sich noch ein zweites, verfuhr wie zuvor – und taumelte dann Richtung Rofanseilbahn, um mit der Gondel wieder ins Tal zu, äh, gondeln.

Sieben

Diesmal wusste Henri mit der neuen Nachricht sofort etwas anzufangen. Denn die Haltestelle der Achenseebahn hatte er bei seiner Ankunft in Maurach vor knapp zwei Stunden bereits gesehen. Sie war ihm aufgefallen, in dem Moment, in dem er aus dem Taxi gestiegen war, weil eine qualmende Dampflok namens „Hannah" unter lautem Getute und Gestampfe in den kleinen Bahnhof unterhalb der Hauptstraße einfuhr und stoppte und weil zur selben Zeit ein lebensmüder Paraglider mit seinem Schirm auf dem etwa fünf Quadratzentimeter großen Landeplatz direkt neben den Gleisen der Bahn herunterkam.

Also setzte Henri sich auf eine Treppe neben dem Bahnhof und wartete auf die Landung des nächsten Luftakrobaten. Es dauerte nicht lange, bis wieder einer herangesegelt kam und mit der Präzision eines Zielfernrohrs mitten auf dem Landeplatz aufsetzte. Kaum hatte er sich von den Strippen seines Schirms befreit, stürzte Henri auf ihn zu.

„Guten Tag!", rief er aufgeregt. „Mein Name ist Henri Winter!"

„Das freut mich für Sie", erwiderte der Paraglider und nahm seinen Helm ab. „Aber was kann ich dafür?"

Nun gut, er hatte wohl den falschen Akrobaten erwischt. Etwas frustriert nahm er wieder Platz, um auf die nächste Landung zu warten.

Zwei Stunden und acht Paraglider später hatte Henri mit der Nennung seines Namens noch immer nichts bewirken können, außer sich ein paar irritierte Blicke einzufangen. Mittlerweile war die Sache für ihn klar: So wurde das nichts! Wer konnte schon wissen, wann genau dieser eine Paraglider, der eine Nachricht für ihn hatte, endlich von diesem verdammten Berg runterhüpfen und Richtung Bahnstation segeln würde? Sollte er hier etwa die nächsten zwei Wochen hocken?

Zum dritten Mal an diesem Tag kam die Lok „Hannah" mit lautem Getöse angestampft, was in Henris Ohren jetzt wie höhnisches Gelächter klang. Übellaunig stand er auf und stieg in einen der Waggons, denn wenn sie schon hier war, konnte ihn die Bahn auch gleich wieder ein Stückchen Richtung Pertisau bringen, wo er nun tatsächlich seine Sachen packen und abreisen würde.

Als der Kontrolleur in stilechter Uniform sein Billett sehen wollte, gratulierte Henri sich innerlich zu seinem Entschluss, sich eine Achensee-Erlebnis-Card zugelegt zu haben, denn so waren sowohl die vorangegangene Seilbahnfahrt als auch diese Partie hier bereits abgegolten. Eine überaus nette Partie, wie er sich eingestehen musste, auf der Holzbank im historischen Zugwaggon ließ es sich doch recht malerisch am Ufer des Sees entlangschaukeln.

Der Schaffner reichte ihm seine Karte zurück, nickte ihm und den anderen Mitreisenden freundlich zu, dann riss er unter fröhlichem Gepfeife die Waggontür auf und trat – hinaus ins Freie. Henri blieb einen Moment lang das Herz stehen, denn der Mann hatte sich einfach so bei voller Fahrt nach draußen auf die

Gleise gestürzt. Schon erwartete er den Aufschrei des Kontrolleurs und das schrille Warnsignal des Zuges, verbunden mit einem abrupten Notstopp, der ihn und die anderen Passagiere von ihren Sitzen fegen würde – aber nichts davon geschah. Stattdessen spazierte der Schaffner direkt vorm Fenster vorbei, lief wie weiland Jesus übers Wasser durch nichts als Luft und Dampf rüber zum nächsten Abteil. Erst als Henris Sitznachbar ihn scherzhaft aufforderte, seinen Mund zu schließen, denn es würde schrecklich ziehen, kam wieder Bewegung in ihn, und er beugte sich durchs Fenster hinaus. Da sah er den schmalen Tritt entlang des Zuges, auf dem der Kontrolleur von einem Abteil zum nächsten wandelte – und fühlte sich ganz furchtbar dumm. Aber gleichzeitig auch triumphal: Das war er, der gesuchte Akrobat!

Behände wie ein junges Reh sprang Henri an der End-station – Seespitz, für alle, die es wissen wollen – auf den talentierten Schaffner zu, stellt sich ihm mit vollem Namen vor und bekam ohne weitere Fragen den nächs-ten Umschlag überreicht.

> DIESMAL SCHENK ICH DIR EIN „R".
> UND WENN DU MIR JETZT ZUM
> FOTOSHOOTING FOLGST,
> GIBT'S DEN NÄCHSTEN HINWEIS GLEICH
> OBENDRAUF.
> DEIN WUSELCHEN

M-I-R. MIR. Nein, das war kompletter Unsinn. Die rus-sische Raumfahrt hatte mit Annas Tod sicher nichts zu tun. Oder etwa doch? Seit NSA und BND war schließ-lich alles möglich ...

Acht

Henri machte sich auf zum Seeuferweg zwischen Maurach und Achenkirch, denn der Schaffner hatte ihm anvertraut, dass es dort verschiedene Rätsel-Stationen für Kinder gab, von der eine seines Wissens nach „Fotoshooting" hieß. Tatsächlich fand Henri sie sofort, mitsamt einem dort aufgestellten Stanz-Automaten. Er nahm eine Wusel-Postkarte aus dem ebenfalls dort befindlichen InfoStänder zur Hand, schob sie in den Schlitz des Geräts und zog beherzt den Hebel der Stanzbox herunter – als Ergebnis erhielt er ein geprägtes „E".

MIRE. REIM? ERMI? REMI? Seine Mutter hatte nach dem Essen stets ein Gläschen Rémy Martin zu sich genommen, und auch Anna war über die Jahre von ihrem Dasein als komplette Abstinenzlerin mehr und mehr dem Rausch verfallen. Aber erstens schrieb man Remy nun mal mit „Y" und nicht mit „I" – und zweitens entdeckte Henri sogleich einen weiteren Umschlag, der unter der Stanzbox klebte. Diesmal war von einem Haus die Rede, in dem es drunter und drüber gehen und alles auf dem Kopf stehen sollte.

Doch bevor er das nächste Rätsel lösen würde, wollte er noch ein bisschen am See verweilen. Denn nicht nur, dass er die beruhigende Wirkung des plätschernden Wassers in Verbindung mit dem Kuhglockengeläut von den umliegenden Weiden genoss – ihn hatte schlicht der Ehrgeiz gepackt. Auf der Postkarte wurde auf eine „kleine Überraschung" verwiesen, die jedes Kind, das die Buchstaben aller Stationen entlang des Weges sammeln und zu einem Suchbegriff zusammensetzen würde, erhalten sollte – und diese Überraschung wollte Henri sich, da er nun schon einmal hier war, selbstverständlich ebenfalls sichern. „Kind" war schließlich nur eine Frage der Definition!

Eine Stunde später warf er hochzufrieden die Karte mit dem Lösungswort – „Wuselseeweg" – in den aufgestellten Briefkasten der Touristeninformation ein und machte sich daran, den Weg seiner eigentlichen Suche fortzusetzen. Für alle, denen es mittlerweile schon entfallen ist: die Suche nach Annas Mörder.

Es wurde ein langer Tag und ein zweiter noch dazu. In Terfens entdeckte er das auf dem Kopf stehende Haus (und klaubte ein weiteres E aus einem Umschlag), dann folgten ein Abstecher zu den Swarovski Kristallwelten in Wattens (ebenfalls enthalten in der Erlebnis-Card, hier fand Henri ein N) und eine Fahrt übern Achensee mit der „MS Tirol" (auch mit der Erlebnis-Card; Buchstabe H). Auf der Gramai Alm gab's Germknödel mit Butter und Mohn (und ein weiteres N), am Besinnungsweg lernte Henri die Geschichte der Notburga kennen (und sackte ein A ein).

9 Buchstaben hatte er am Abend des zweiten Tages gesammelt. Und noch immer keine Ahnung, was das sollte. Als er nun, langsam müde, aber doch recht gut unterhalten von seiner Tour, bei Kaiserschmarrn und Puntigamer in der Rodlhütte saß, hätte er vor Erleichterung fast aufgeschrien. Denn scheinbar hatte er soeben die letzte Botschaft gefunden:

WO DIE HEIDI LEBT UND DER GEISSENPETER
IHR XXX MACHT.
NUR EINE STATION NOCH, DANN WIRD DAS
RÄTSEL GELÖST!

Heidi, das wusste nun wirklich jedes Kind, lebt in den Alpen. In der Schweiz zwar, aber da wollte Henri mal nicht so kleinlich sein. Nur: Was war es, das der Geissenpeter ihr macht? Ärger? Alpenärger? Scherereien? Alpenscherereien? Vorwürfe? Schöne Augen?

Den Hengst? Alpenh...

„DEN HOF!", rief Henri so laut aus, dass eine Gruppe von soeben eintreffenden Japanern kollektiv ihre Kameras fallen ließ. „Natürlich!", wiederholte er leiser. „Das ist es: Alpenhof!"

Neun

Den Alpenhof konnte er sogar vom Fenster seines Hotelzimmers aus sehen: eine frühere Luxusbleibe in bester Seeblicklage. Jedenfalls hätte sie die, läge sie nicht wie ein verwunschenes Schloss im Schatten hinter meterhohen Bäumen versteckt.

Tatsächlich war der Alpenhof eine Art Dornröschenschloss, Henris Gastwirt hatte ihm erzählt, dass das Hotel bereits seit über vierzig Jahren vollkommen verlassen war. Nach dem Tod seiner letzten Besitzerin hatte man damals nur den Schlüssel umgedreht, hatte nicht mal die Einrichtung herausgeräumt, sondern alles so gelassen, wie es war. Seitdem verfiel das Gebäude mehr und mehr, rottete einfach so vor sich hin.

Eine zerstrittene Erbengemeinschaft und mittlerweile auferlegte Denkmalschutzbestimmungen verhinderten Sanierung und Wiederaufnahme des Hotelbetriebs vermutlich ebenso wie die schnelle Lösung per Abrissbirne.

Der Alpenhof also – Henris letzte Station. Eilig schaufelte er seinen Kaiserschmarrn in sich hinein, spülte mit zwei, drei Puntigamern nach und stolperte dann über die Rodelbahn hinunter ins Tal. Dreißig Minuten später passierte er die Auffahrt zum Alpenhof und schlängelte sich am Schild mit der Aufschrift „Betreten verboten – Einsturzgefahr" vorbei.

Ein hoher Zaun umgab das schmutzig gelbe Hotel, das im Dämmerlicht und hinter den hohen Bäumen doch recht schaurig wirkte. Und ziemlich marode. Wie das zerfallene Wrack eines Luxusdampfers, quasi die „Titanic" der Alpen, dachte Henri und freute sich über diesen Vergleich. Nur eben ohne Wasser. Unter normalen Umständen wäre er der Aufforderung des Verbotsschilds ohne Umschweife gefolgt und hätte sich davongemacht – so aber blieb ihm nichts anderes übrig, als seine ihm seit jeher innewohnende Obrigkeitshörigkeit tapfer zu überwinden. Schließlich ging es um eine heikle Sache, und er war seinem Ziel schon so nahegekommen!

Mit der Geschicklichkeit einer trächtigen Kuh schwang er sich über den Zaun, plumpste auf der anderen Seite geräuschvoll ins Gras und rappelte sich mühsam wieder hoch. Ein wenig ängstlich schlich er an der Mauer des Gebäudes entlang, halb erwartend, dass einer der mächtigen Holzbalkone über ihm jeden Moment mit lautem Donnern niedersausen würde. Welch ein unwürdiger Tod wäre das, wie ein Strauchdieb mitten in der Nacht bei unbefugtem Zutritt von einer Balustrade erschlagen!

Zu seiner Rechten entdeckte Henri schließlich eine Tür, hinter der ein schwacher Lichtschein zu ihm drang. Er stieß sie auf – sofort schlug ihm der Muff von 1000 Jahren entgegen. Modrig, feucht, ein Mief wie von nassem Hund umnebelte ihm die Sinne, als er eintrat und über knarrendes Holz Richtung Lichtquelle schlich.

Er musste nicht weit gehen, bis er eine frühere Empfangshalle erreichte. Groß und imposant lag sie zu seinen Füßen, fast schien es ihm, er könne perlendes Gelächter einer feinen Gesellschaft längst vergangener Tage hören. Vor ihm auf dem Boden hatte jemand flackernde Teelichter zu einem Halbkreis arrangiert, genau in der Mitte befand sich ein kleines Stehpult mit einem Umschlag darauf. Henri ging darauf zu, öffnete das Kuvert und las.

DER LETZTE BUCHSTABE IST EIN „H".
JETZT SORTIERE ALLE HINWEISE WIE FOLGT:
DIE 1 AUF DIE 7, DIE 2 AUF DIE 1, DIE 3 AUF
DIE 3 ...

Mit zitternden Händen brachte Henri alle Buchstaben mit Stift und Papier, die auf dem Pult für ihn schon bereitlagen, in die genannte Reihenfolge. Und starrte, als er fertig war, ratlos auf das Wort, das da vor ihm entstanden war. „Ihrehemann?", las er laut vor. „Was soll das heißen?", fragte er in die Stille hinein. „Ihre Hemann? Wer ist Hemann, zum Teufel noch mal?"

„IHR EHEMANN, DU DEPP!", erklang eine Stimme hinter ihm. Dann spürte er einen Schlag auf den Kopf – und sank in tiefe Dunkelheit.

Zehn

Als Henri wieder zu sich kam, war seine Lage überaus misslich: Noch immer befand er sich mitten im Tee-lichter-Kreis, nun allerdings auf einen Stuhl gefesselt. Vor ihm – wie ein schlechter Ableger des Ku-Klux-Klan – hatte sich eine Gruppe von knapp zwanzig Leuten versammelt. Darunter der Gustl vom AirRofan, der Schaffner der Achenseebahn, zwei Matrosen der „MS Tirol", seine Gastwirte und – welch Überraschung! – seine Schwiegereltern.

„Was soll das?", herrschte er Annas Eltern an. „Macht mich sofort los, oder ich ..."

„Oder was?", unterbrach ihn der Schwiegerpapa.

„Oder das wird Folgen haben!", motzte er weiter, allerdings deutlich kleinlauter als zuvor.

„Ja, das wird es mit Sicherheit", erklärte nun seine Schwiegermutter. „Für dich, und zwar recht unangenehme. Du hättest halt nicht nach Pertisau kommen dürfen."

„Ihr habt mich also hierher gelockt?", schlussfolgerte Henri messerscharf. Wie gesagt, er war nicht gerade als die hellste Kerze auf der Torte bekannt.

„Du hast es erfasst", bestätigte Annas Papa. „Wir waren uns sicher, dass du kommst, wenn du glaubst, dass jemand weiß, wer Anna ermordet hat."

„Natürlich bin ich gekommen!", gab Henri empört zurück. „Ich muss doch wissen, wer meine Frau auf dem Gewissen hat!"

„Falsch!", meldete sich nun Gustl zu Wort. „Du hattest nur Angst, dass jemand weiß, dass *du* es warst. Du wolltest herausfinden, wer hinter den Nachrichten steckt, mehr nicht!"

„Was für ein Unsinn!", rief Henri aus. „Das ist doch Schwachsinn, ich habe sie nicht umgebracht."

„Doch!" Nun sprach der Zugakrobat. „Wir haben Annas Brief erhalten."

„Was für einen Brief?", fragte Henri nach – und merkte gleichzeitig, wie er sich vor Aufregung in die Hosen pieselte.

„Anna hat alles aufgeschrieben", behauptete sein Schwiegervater. „Wie unglücklich sie war, wie einsam und verzweifelt an deiner Seite. Und dass sie Angst vor dir gehabt hat, dass sie fürchtete, du wirst ihr etwas antun, wenn du erfährst, dass sie dich verlassen wird, weil du in Wahrheit immer nur ihr Geld wolltest."

„Totaler Quatsch! Ich habe Anna geheiratet, weil sie so schön war. Und sie wollte mich auch nicht verlassen."

„Doch!" Nun wieder Schwiegermama. „Sie wollte zurück nach Tirol, zurück in ihre Heimat. Und ihr Vermögen, das hätte sie dann auch mitgenommen."

„Aber unsere Tochter war schlau", sprach der Herr Papa nun weiter. „Sie hat alles aufgeschrieben und bei einem Anwalt hinterlegt. Für den Fall, dass ihr etwas zustößt und du ihr Geld anrührst, sollte der Brief an uns geschickt werden. Und genau so ist es dann eben auch passiert."

„Tja", sein immer so freundlicher Gastwirt lächelte ihn an. „Hättest besser die Finger von der Kohle gelassen."

„Absoluter Unsinn", gab Henri zurück. „Ich habe sie nicht ermordet, schon gar nicht wegen ihres Geldes!"

„Wenn du unschuldig bist, hättest du ja nach unserer ersten Botschaft einfach die Polizei rufen können", sagte sein Schwiegervater.

„Ja", erwiderte Henri und überlegte fieberhaft, wie sein Satz nun weitergehen könnte, „aber ... aber ... äh."

„Lass gut sein", unterbrach Annas Vater ihn. „Es spielt jetzt keine Rolle mehr."

„Ihr seid doch verrückt!" Nun schrie Henri so laut, dass er hoffte, man würde es noch drüben in seinem Hotel hören. Aber dann fiel ihm ein, dass sein eigener Wirt ja ebenfalls vor ihm stand, es würde ihm also nichts nützen. „Ich verstehe nicht, was das hier soll. Wenn ihr so sicher seid, dass ich es war – warum habt ihr dann nicht die Polizei verständigt, sondern mich kreuz und quer um den Achensee gejagt?"

„Ach, weißt du", sagte seine Schwiegermutter. „Wir wollten einfach, dass du noch ein paar letzte schöne Tage hast. Hier bei uns am Achensee."

„LETZTE SCHÖNE TAGE?", schrie Henri. „Was soll das heißen?"

„Na ja", sie zuckte mit den Schultern. „Du hast doch zu Anna immer gesagt, es gäbe keinen Grund, hierher zu kommen. Wir wollten dir noch das Gegenteil beweisen."

„WAS MEINST DU MIT DEN LETZTEN SCHÖNEN TAGEN?", wiederholte Henri in Panik. Aber er erhielt keine Antwort mehr. Ohne ein weiteres Wort gingen sie alle davon, ließen ihn inmitten der Teelichter zurück. Wenige Minuten später hörte Henri ein Knistern. Und bald schon das Knacken und Trommeln von Feuer, das sich durch altes Holz und Mauerwerk fraß.

„DAMIT KOMMT IHR NICHT DURCH!", schrie Henri hysterisch durch den immer dichter werdenden Rauch. „Nie im Leben kommt ihr damit durch! Was sollte ich denn in dieser alten Hotelruine wollen? Man wird herausfinden, dass ihr mich entführt und abgefackelt habt!"

Wieder keine Antwort. Stattdessen erklang ein lautes Krachen, direkt über Henri löste sich ein Deckenbalken und rauschte auf ihn zu.

Epilog

Aus einer Tiroler Tageszeitung:

In den frühen Morgenstunden konnte die Freiwillige Feuerwehr Pertisau einen Großbrand löschen. Betroffen war der bekannte Alpenhof, der in der Nacht bis auf seine Grundmauern abbrannte. Ersten Ermittlungen zufolge handelte es sich um Brandstiftung, ein gewisser Henri W. soll das Feuer gelegt haben und dabei selbst in den Flammen umgekommen sein. Henri W. war der Witwer der vor zwei Jahren ermordeten Anna W. (vormals E.) aus Pertisau. Sein Motiv für die Brandstiftung ist noch unklar. Allerdings legen erste Vermutungen nahe, dass es sich um den Versuch gehandelt haben dürfte, das durch Denkmalschutz blockierte Gebäude zum Einsturz zu bringen und so das Grundstück veräußern zu können, da die verstorbene Anna E. – Erblasserin des Henri W. – zur Eigentümergemeinschaft des Alpenhofs zählte.

Nachtrag

Zwei Jahre später feiert ganz Pertisau auf dem Grundstück des früheren Alpenhofs Eröffnung: Eingeweiht wird das „Hotel Anna". Mit bester Seeblicklage.

Joe Fischler

Der Tote vom Achensee

Ein Fall für den lyrischen Lois

Er wird ihm jetzt den Kopf abtrennen. Er greift zum Teppichmesser, prüft die Schärfe, indem er zweimal mit dem Daumen über die Schneide fährt, und entschließt sich, schnell noch ein Stück Klinge abzubrechen. Nichts ist wichtiger als der erste, saubere Schnitt. Der spart Arbeit. Und macht die Sache leichter. Für alle. Wenn du mehrmals ansetzen und nachschneiden musst, wird's qualvoll. Noch dazu gibt's eine riesige Schweinerei, und am Ende streikt die Putzfrau wieder. Nein, auf solchen Ärger kann er heute verzichten.

Er setzt an. Wie ein Chirurg hält er sein Werkzeug, Zeigefinger vorne, um den Schnitt mit der nötigen Kraft und Präzision ausführen zu können.

„Jetzt geht's dir an den Kragen, magst du auch noch so klagen", sagt er wie immer, lacht tonlos, dann hält er die Luft an und drückt beinahe schon, als sein Telefon scheppert. Er seufzt, hebt die Klinge wieder ab, entspannt sich, legt das Messer zur Seite und nimmt den Hörer von der Gabel.

„Polizei Achenkirch, Volderbacher, grüß Gott?"

„Lois?"

„Jaaa?", antwortet er.

„Lois, ich bin's, der Erwin. Ist der Chef da?"

„Der hat Urlaub."

„Nein!"

„Doch", wirft er dem Erwin hin und schweigt. Er ist kein Freund der großen Worte. Jedenfalls nicht der gesprochenen.

„Franziska, es ist nur der Lois", hört er den Erwin durchs Telefon seiner Gattin zurufen und könnte sich fast beleidigt fühlen. Nur der Lois, ja ja. Aber was soll er sich aufpudeln. Das Einzige, was zählt, ist seine Ruhe, die er hoffentlich bald wieder haben wird.

„Dann sag's halt dem Loisl, du seltenes Rindvieh!", schimpft die Gattin im Hintergrund.

Er hört den beiden beim Streiten zu und überlegt, ob er den Kopf nicht nebenbei abtrennen könnt, der Zeitersparnis wegen. Oder würde Erwin das mitbekommen?

Der spricht weiter: „Also von mir aus. Hör zu, Lois. Am Dien-Mut-Weg, kurz nach der Speisestation, weißt ja, die mit dem Holzteller, da liegt eine Leich, eine ganz eine grauslige."

„Mhm?"

„Ja, willst nicht kommen, vielleicht?" Im Hörer raschelt's, und gleich darauf klingt der Erwin dumpf: „Franziska, ich hab's dir ja gesagt, der hat sie nicht alle."

„Jetzt reicht's aber!", poltert der Lois, ganz ungewohnt für ihn.

„Äh ... hast du das gerade hören können?"

„Jawohl." Am liebsten tät er die Beamtenbeleidigungskeule auspacken, aber da ist er schon wieder zu redfaul.

„Mei, Lois, ich hab geglaubt, ich hab die Stummtaste gedrückt. Verzeih, weißt, wir sind halt ganz aus dem Häusl wegen der Sach. Komm her, schnell."

„Mhm", macht er und legt auf.

Soso, denkt er. Eine grauslige Leich. Aber eines nach dem anderen.

„Es ist so weit, mach dich bereit!", reimt er spontan, greift das Messer, legt an und drückt zu, schneidet gnadenlos, zieht und schiebt, die Klinge geht in einem durch, sauber bis zum Untergrund, der Kopf fällt ab und landet im Papierkorb. Jaaa!, denkt er und leckt sich die Lippen. Er begutachtet die Schnittstelle und befindet sie für sauber – keine Extra-Fitzeleien nötig.

Er nimmt das Zündholz auf und gibt es zu den anderen, die es auch schon hinter sich haben. Er braucht Vorrat für sein neues Projekt. Viel Vorrat.

Er baut nämlich nicht bloß eine Zündholzburg.

Der lyrische Lois baut New York.

Zwei

Er heißt ja eigentlich Alois. Alois Volderbacher. Stellvertretender Postenkommandant der Polizeiinspektion Achenkirch. Aber alle nennen ihn den lyrischen Lois. Weil er seine offiziellen Berichte am liebsten reimt. Nicht zusammenreimt. Es hat schon alles Hand und Fuß, was er schreibt. Es klingt nur komisch und sorgt für Kopfschütteln bei seinen Vorgesetzten und darüber hinaus. Manche behaupten gar, er mache das Amt damit lächerlich.

Aber was hilft's. Pragmatisiert ist er seit vielen Jahren, der Lois. Die, die nicht per Du mit ihm sind, nennen ihn Herr Gendarm. Ein echtes Achenkircher Urgestein ist er und sitzt fester in seinem Stuhl als der Herr Innenminister. Den lyrischen Lois kannst du nicht mehr versetzen. Den kannst du höchstens aussitzen.

Während er im Polizeiauto sitzt und die zwanzig Minuten um den See herum nach Pertisau fährt, erinnert er sich mit Schrecken an die wenigen Male, die er diesen Dien-Mut-Weg schon bezwungen hat. Bezwingen hat müssen, besser gesagt. Na ja, eigentlich war's nur einmal, ganz genau genommen ein halbes Mal – fast, aber das war auch schon mehr als ausreichend für jemanden von seiner Konstitution.

Mitarbeiterausflug. Chef Albin, Putzfrau Resi und er. Mehr sind sie ja nicht mehr, seit überall am Personal herumgekürzt wird. Jedenfalls hat der Albin ihnen unbedingt beweisen müssen, was für ein Konditionswunder er nicht ist. Dabei ist die Kondition kein Wunder, wenn du jeden Tag zweimal auf den Christlumkopf rennst, am liebsten noch mit Zusatzgewichten, weil du dir selbst schon viel zu leicht geworden bist. Kurz: Lois' Chef ist ein selten fanatischer Bergläufer und Skitourengeher vor dem Herrn. Mit so einem wandern zu gehen macht echt keinen Spaß, dir nicht und ihm noch weniger. Deshalb war der Chef auch ordentlich genervt, als Lois, haarscharf an der Schwelle zum Herzinfarkt, bereits ab der dritten oder vierten Station den Kriechgang einlegen hat müssen und wenig später aufgegeben hat.

„Bei dir lachen ja die Füchse, lachen tun die!", hat Albin ihm damals vorgeworfen. Die Füchse, so nennt der Chef die Bösen, egal ob Einbrecher, Mörder oder Falschparker. Immer sind es Füchse, völlig unabhängig davon, ob sie jetzt gscheitere oder blödere Sachen verbrochen haben. Füchse, Füchse, Füchse. Den Lois reißt's jedes Mal, wenn er das blöde Wort aus Albins Mund hört. Und dann redet der auch noch so siebengscheit, als wär er was Besseres. Dabei ist er genauso vom Achensee wie der Lois und hat genauso wenig die Matura gemacht. Aber seine Aufpudelei kommt bei den Oberen eben an, weil sie das meistens an sich selber erinnert.

Wenigstens ist der Albin noch drei Wochen im Urlaub, denkt der Lois, wie er am Gasthof St. Hubertus vorbeikommt und den Blinker setzt. Da merkt er erst, was für einen Schmarrn er denkt, denn wär der Chef jetzt da, dann müsst er nicht einspringen, höchstens blöd danebenstehen. Und darin ist er Spezialist.

Er seufzt, hält am Schotterparkplatz an, seufzt noch einmal, steigt aus und geht die ersten Meter zum Weg hinauf. Gleich am Beginn steht sein persönlicher Schreck, eine gebückte menschliche Silhouette, aus Holz ausgeschnitten und von schmaler Statur, links Stacheldraht, rechts Abhang. Da bleibt dir gar nichts anderes übrig als Augen zu und durch.

Und weiter.

Er hat überhaupt keinen Blick für den wunderbar grünen Waldboden oder gar die Sprüche, die auf Holzbrettern geschrieben stehen. Auch die liebevoll errichteten und gepflegten Stationen bleiben von ihm unbeachtet. Besinnung, darum geht's auf diesem Weg, aber besinnen muss sich der Lois ein anderes Mal. Mit der Kraft einer Dampfwalze schiebt er sich bergan, schnauft und stampft, stampft und schnauft.

„Jetzt mach schon", hört Lois, der im Schneckenmodus dahinkriecht und nach Luft schnappt, von oben.

„Ich komm ... so schnell ... ich kann!", ruft er nach vorne, und vor lauter Rufen muss er kurz Pause machen, um neue Luft zu holen. Sein Schreibtisch kommt ihm gerade wie der Himmel vor.

Auf den letzten Metern – die Krawatte längst gelockert, das Hemd bis zum Feinripp aufgeknöpft, den schweren Gürtel zum zehnten Mal verflucht – sieht er den Toten.

Drei

Fünf Minuten und einen halben Liter isotonisches Irgendwas vom Erwin später ist der lyrische Lois wieder in der Lage, halbwegs klar zu denken.

Er zückt sein Notizbuch, knabbert ein bissl am Bleistift – und schreibt.

Zur Mittagsstund tu ich nun kund
Es wurde aufgefunden
Ein Wandersmann gar kugelrund
Sein Körper schwer geschunden

Er leckt zufrieden an der Bleistiftspitze – ein Tick, der ihm unlängst mit einem undichten königsblauen Tintenroller zum Verhängnis geworden ist –, schlägt eine neue Seite des Notizbüchleins auf und bückt sich zur Leiche hinunter. Der erste Griff an die Gesäßtasche des Opfers geht ins Leere. Auch in der Jacke des ziemlich dicken Mannes findet sich keine Geldtasche, dafür ein folierter Presseausweis.

Er macht „Hmhm!" und schreibt weiter.

Wer konnte ihn bloß niederstrecken
Armin van der Schnaaf
Zu sehen ist ein Leichenfleck
Am Reisefotograf

„Ja, magst nicht in Innsbruck anrufen, Lois?", stört ihn der Erwin. Dessen Hausdrache hält sich im Hintergrund, flüstert ihm aber immer wieder Sachen zu, die er dann in eigenem Namen weitersagen darf.

Der Lois ist ja so froh, dass ihm das Erwin'sche Schicksal erspart bleibt. Daheim bei der Mama kann er sich ganz auf sein Hobby konzentrieren. Manchmal träumt er davon, ein richtiges Haus aus Zündhölzern zu bauen. Rein statisch gesehen dürfte das aber höchstens ein Bungalow sein, und feuerpolizeilich müssen auch da jedenfalls die Köpfe runter – eine wahre Sisyphusarbeit.

„Was ist denn jetzt, Herr Inspektor?", platzt Franziska der Kragen, wie der Lois die Habseligkeiten des Verstorbenen weiter untersucht.

> Schau an, schau an, was ich da find't
> Ganz unten in dem Täschchen
> Den Schlüssel vom Haus Rosalind
> Mit himmelblauem Mäschchen …

„Herr Inspektor!", faucht der Drache.

„Pst!", zischt er einmal kurz, aber laut. Wie gesagt, kommunikationswissenschaftlich betrachtet, ist der Lois am Papier besser als in echt. Nach einigen Momenten des Überlegens erhebt er sich langsam und sucht sein Telefon, das aber im Auto geblieben ist. „Kann ich?", fragt er und macht Anrufpantomime. Erwin kapiert und reicht ihm sein Gerät.

„Polizei, grüß Gott?", sagt das Fräulein in der Notrufzentrale. Eine andere Nummer weiß er nicht auswendig.

„Ja, äh. Wir haben einen Toten."

„Mit wem spreche ich denn bitte?"

„Volderbacher."

„Sie haben einen Toten?"

Der Lois kapiert, dass er um ein paar essenzielle Informationen nicht herumkommen wird. „Ich bin Polizist", sagt er.

„Aha?"

Er seufzt laut. „Volderbacher, Achenkirch. Da liegt ein toter Mann. Ermordet. Und ich brauch wen."

„Sie brauchen wen?", fragt sie wie die Unschuld vom Lande.

„Ja Kruzi… Verstärkung, halt. Kol-le-gen. Mehr Polizei."

„Soll ich Ihnen eine Streife vorbeischicken, Herr Volderbacher?"

Eine Streife. Himmel Herrgott!

„Keine Streife! Das Dings, das ..." Es fällt und fällt ihm nicht ein. „Landes..."

„Das Landeskriminalamt?", fragt sie.

Und dann auch noch siebengscheit, denkt er.

„Ja, genau."

Vier

Zwei Stunden später, Lois' Magen knurrt inzwischen das Lied vom Tod, ist die Kavallerie eingetroffen und hat ihn gleich fortgeschickt.

Gott sei Dank.

Zwei Fleischkassemmeln später sitzt er im Büro und kann sich endlich wieder auf das konzentrieren, was er am liebsten macht: Köpfe abschneiden. Sein Empire State Building braucht Material. VIEL Material. Drei ungestörte Wochen bleiben ihm noch. Danach muss er wieder freizeitköpfen, wenn er sich nicht den Unmut seines Chefs einhandeln will. Der hat ihn nämlich schon mehrmals dabei erwischt und ist immer noch lauter geworden, hat ihn gar für übergeschnappt gehalten und mit Außendienst bedroht. Also: Wenn nicht jetzt, dann nie.

„Und bist du nicht willig, so brauch ich Gewalt!", zitiert er den Erlkönig und lässt ein widerspenstiges Hölzchen sein Köpflein verlieren.

„Und ab ist er, der Reibekopf – ich brauch das Holz und nicht den Schopf!"

Für sein bisher größtes Projekt muss er noch ein gutes Viertel der Euro-Palette Zündhölzer exekutieren, die er billig auf Ebay erstanden hat. Aber nicht nur mit dem Köpfen, sondern auch gesamtprojekttechnisch muss er sich beeilen. Bis zur Modellbaumesse sind's nur noch drei Monate, und wenn er sich da nicht exaktestens an den Zeitplan hält, hat er keine Chance. Konsequente Effizienz nennt er den Arbeitsstil. Pro Arbeitstag mindestens fünfundzwanzig Packungen, bei achtunddreißig Hölzern pro Schachtel macht das 950 Enthauptungen pro Tag oder fast 120 pro Stunde. Jetzt denkst du vielleicht, zwei Köpfe pro Minute sind auch nicht gerade viel, aber mathematischer Schnitt und Praxis gehen oft weit auseinander. Das Messer nützt sich ab, die Schwielen an den Händen werden schlimmer, hin und wieder musst du deinen Nacken lockern oder etwas essen, und dann wirst du auch noch gestört. Wie von dem Toten vorhin, der ihm den ganzen Tagesschnitt versaut hat. Er ahnt schon, worauf das alles hinausläuft: bezahlte Überstunden.

„Und zack! Enthauptet ist das nächste Pack!" Das fünfte Hölzchen quer über die vorigen vier, die leere Zündholzschachtel zu den anderen, so behält er den Überblick. Er schiebt die Lade aus der folgenden Packung und dreht sie um, zerteilt den Inhalt vorsichtig mit seinen Fingerspitzen, drückt den ersten Delinquenten Kopf voraus über die Tischkante und ...

... hört, wie jemand die Tür zur Wache aufreißt und in den Schalterbereich stürmt, mit einer solchen Naturgewalt, dass ihm vor lauter Schreck das Hölzchen in der Mitte zerbricht. „Zefix!", mault er und schießt in die Höhe, um sehen zu können, wer der Störenfried ist.

„Volderbacher, lassen Sie uns rein, sofort!", bellt die Frau vom Landeskriminalamt, ihren Namen hat er längst vergessen. Sie hat zwei Männer im Schlepptau.

Er seufzt. Zuerst überlegt er, ob er vorher zusammenräumen sollt, des guten Eindrucks wegen, aber sie tippt schon mit ihren harten Absätzen, und das heißt meistens nichts Gutes. Also erhebt er sich, geht zur Tür und sperrt auf.

„Was ist denn das für ein Saustall?" ist ihr erster Kommentar, als sie das eigentliche Büro betritt.

„Ja also, ich ... äh ..."

„Schon gut, schon gut. Ich seh schon, Sie schieben hier eine ruhige Kugel. Das muss alles weg! Weg damit, das und das und das überhaupt – was ist denn DAS? Raus damit! Wir brauchen Platz. Hier ist ab sofort die Einsatzzentrale für unsere Ermittlergruppe. Gibt's Personalzimmer?"

„Was? Äh ..." Er schüttelt den Kopf gleich in doppelter Hinsicht. Glaubt die etwa, einen Hotelier vor sich zu haben, oder wie? Und was heißt hier Einsatzzentrale? „Aber wir haben doch gar keinen Platz!", wehrt er sich.

Die Frau lacht nur. „Ach, das lässt sich schnell ändern. Packen S' Ihren Mist zusammen und tun Sie, was Sie sonst so tun. Gibt's nicht irgendeinen Zebrastreifen in Achenkirch, an den Sie sich stellen könnten? Oder Seedienst?"

„Seedienst?"

„Ja, was weiß ich, mit dem Motorboot auf dem See herumfahren und kontrollieren, ob alle Angler einen Schein haben. Dieses Büro ist jedenfalls ab sofort unsere Zentrale. Verstanden?"

Ihm wird ganz schwummrig. Wie soll er so jemals auf seinen Schnitt kommen? Sämtliche Kalkulationen lösen sich vor seinem geistigen Auge in Rauch auf.

„Also? Schlüssel!", faucht die Frau, und ihre Kollegen grinsen frech.

Der Lois erkennt, dass er diese Sache nicht gewinnen kann. Also holt er den Bund aus der Hose, dreht den Schlüssel der Inspektion herunter und reicht ihn der Dame mit den Worten: „Wenn Sie meinen." Dann klaubt er seine Sachen eilig zusammen, packt so viele Zündhölzer wie möglich in seine Hosensäcke, ignoriert das Getuschel und das erstickte Gelächter der anderen zwei und verlässt die Wache.

Als er sich ins Polizeiauto setzt und überlegt, wie er seine Dienstzeit jetzt ernsthaft verbringen soll, wird ihm bewusst, dass es nur einen Weg gibt, diese Innsbrucker Bagage schnell loszuwerden.

Er muss den blöden Fall lösen.

Also greift er hinunter in seine Hosentaschen, die vor lauter Hölzchen wie Eichhörnchenbacken ausschauen. Mittendrin ertastet er sein Notizbuch, zieht es vorsichtig heraus, befreit es von zwei Geköpften, die sich darin verschloffen haben, klappt es auf und liest sich seine Notizen vom Fundort durch. An der letzten Strophe bleibt er hängen.

Schau an, schau an, was ich da find't
Ganz unten in dem Täschchen
Den Schlüssel vom Haus Rosalind
Mit himmelblauem Mäschchen

„Alsdann!", sagt er und dreht den Zündschlüssel.

Fünf

„Griasdi, Rosalind."

„Ja, Herr Gendarm! Was für eine Frrreude!", sagt sie und lässt ihn herein, ohne dass er sie extra drum bitten müsst.

Die Abfalter Rosalind ist eine liebe und herzensgute Frau, und ein bissl gefallen tät sie ihm schon auch.

Aber sie hat furchtbar viel Respekt vor Uniformen. Gar niemals würd sie auf die Idee kommen, ihn beim Vornamen anzureden. Obwohl sie sogar zusammen die Schulbank gedrückt haben.

„Was führt Sie zu mir, Herr Gendarm?", fragt sie, nachdem sie in der Gaststube Platz genommen haben. Außer ihnen ist niemand da – und das wundert den Lois überhaupt nicht. Rosalinds Ferienpension ist ein bissl, na ja ... abbruchreif, und das schon ziemlich lange. Aber die Rosalind ist halt eine Institution, ein Unikum, genau wie das Haus und sein Inventar. Am Tisch stehen eine Siebzigerjahre-Thermoskanne, Kaffeeschalen und Untersetzer.

„Kaffee?", fragt sie, als sie merkt, dass er drauf starrt.

„Danke nein. Also, ich äh ... Rosalind, du hast da einen Gast gehabt, einen Fotoreporter van der Schnaaf?"

Nach diesem ungewöhnlich ausführlichen Monolog beschließt er, dass erst einmal genug geredet ist, und zückt seinen Bleistift, damit sie auch kapiert, wie ernst die Sache ist. Dann schreibt er drauflos, um ihre Nervosität noch ein bissl anzuschüren.

> So sitz' ich hier im Wracke
> Am schönen Achensee
> Es zittert die Schabracke ...

Er knabbert und knobelt an der letzten Zeile.

„Dann wollen S' einen Tee?", fragt die Rosalind.

Er seufzt ob solcher Banalität, schreibt die Frage in die letzte Zeile und schüttelt den Kopf. Viel zu platt, denkt er, zieht eine Augenbraue hoch und mustert die Frau. Nonverbale Signale, das hat er unlängst gelesen, machen achtzig Prozent unserer Kommunikation aus. Womit er noch viel weniger reden könnt als ohnehin schon.

Sie schaut.

Er schaut.

Bald beginnt sie, am Stuhl herumzurutschen. Schließlich hält sie's nicht mehr aus, sagt: „Ich servier das schnell ab!" – und streckt ihren Arm ein bissl zu geschwind aus.

> Sie nestelt an den Tassen
> Es klingelt und es klirrt
> Bekommt nichts mehr zu fassen
> Und schwupps, ist es passiert

„Oh, das ist jetzt aber blöd", beklagt die Rosalind das Malheur. „Ich kehr das schnell zusammen."

„Jetzt setz dich hin und red endlich, Rosalind!", befiehlt der Lois, und schauschau, sie setzt sich wirklich, bleibt aber still.

„Raus damit, Rosalind! Van der Schnaaf! Dein Gast."

„Ja richtig, mein ... Gast."

„Wieso sagst'n das so komisch?"

„Mei, ich hab halt nicht mehr viele Gäste."

„Und was wollt der hier?"

„Was ist denn mit ihm?"

„Sag's mir, aber flott!"

„Da misch ich mich nicht ein."

Vor Lois' geistigem Auge türmen sich die ungeköpften Streichhölzer in die Höhe.

„Dann gehen wir jetzt aufs Zimmer, Rosalind", sagt er und steht auf.

„Aber Herr Gendarm!", gurrt sie und klimpert mit ihren Wimpern, quasi nonverbale Signale.

„Vom Herrn van der Schnaaf!", sagt er zur Sicherheit dazu.

Sechs

Der Lois betritt van der Schnaafs Gästezimmer, das genauso ausschaut, wie er sich ein Zimmer im Haus Rosalind immer vorgestellt hat.

> Gelb das Laken, voller Flecken
> Grün die Badezimmerfliesen
> In der Dusche manche Ecken
> Wo die Schwammerlen schon sprießen

Der Lois leckt zufrieden am Bleistift und schaut sich weiter um. Auf dem Schreibtisch liegen ausländische Klatschzeitschriften mit Post-its drin. Er sieht Bücher und einen Laptop. Alles mehr Arbeit als Urlaub. Er blättert die Magazine an den markierten Stellen auf, wo es um die aufgeflogene Affäre eines ausländischen Königs geht, illustriert mit so scharfen Bildern, dass man mal mehr, mal weniger lange Balken vor manche Körperstellen montieren hat müssen.

„Huiuiui", sagt der Lois, japst und klappt die Schmierblätter wieder zu. Damit seine Wallungen der Rosalind nicht allzu sehr auffallen, schaut er schnell woandershin.

Eine Kamera mit Teleobjektiv steht auf einem Stativ und zeigt hinaus.

„Sag, Rosalind, wie lang war der Gast denn da?"

„Eine ganze Weile."

„Ein bissl genauer?"

„Da müsst ich Ihnen erst nachschauen, Herr Gendarm."

„Dann ungefähr halt. Tage? Wochen? Oder so?"

„Oder so."

„Hat dich das nicht gewundert?"

„Nein, warum denn?", sagt sie unschuldig.

„Na ja, ich mein ..." Dann verlässt ihn die Redelust wieder, weil sie's ohnehin nicht kapieren wird und er eine viel bessere Idee hat. Er geht zur Fotokamera, zieht die Vorhänge auf, beugt sich nach vorn und schaut durch den Sucher.

Er sieht ein Himmelbett. In einer riesigen Suite, im Nobelschuppen direkt neben dem Haus Rosalind. Und wenn er sich die heißen Fotos aus der Klatschzeitschrift dazu denkt, sind diese doch exakt aus dem gleichen Winkel geschossen worden wie das Bild, das er jetzt vor Augen hat.

„A-HA!", macht er.

Und bumm.

Und aus.

Sieben

Alles ist dunkel, dreht sich und wackelt. Der Lois hört leises Gluckern, einmal links, einmal rechts.

Er setzt sich auf und spürt sofort, wie sein Kopf dagegen rebelliert. „Aua!", ächzt er. Sein Rücken schmerzt, als hätte er tagelang auf einem Dinosaurierskelett gelegen. Er tappt orientierungslos um sich und ertastet hier ein Brett und dort noch eines, dazu einen Metallring, eine Handbreit Wasser, Holzboden ...

Böse Zungen behaupten ja, die Klebstoffdämpfe, die Alois Volderbacher beim Bau seiner Zündholzmodelle inhaliert, hätten ihm den Verstand vernebelt. Aber mitnichten! Denn genau dieser Verstand puzzelt sich jetzt in Windeseile zusammen, dass er in einem Ruderboot liegt. Sehr wahrscheinlich am Achensee. Nur der Zwischenteil fehlt ihm irgendwie. Er reibt sich die verklebten Augen, blinzelt ein paarmal und versucht, etwas zu erkennen. Auf der einen Seite sieht er nichts, gar nichts –nicht einmal die sprichwörtliche Hand vor Augen. Aber drüben auf der andere Seite, da leuchtet etwas. Ganz schwach. Viele kleine Lichter. Der Campingplatz von Achenkirch vielleicht?

Er grübelt ... und grübelt ... und grübelt ...

„Die Nudel, die scheinheilige!", flucht er, als ihm die Rosalind einfällt. Die hat ihm eins übergezogen und ihn hier herausgebracht! Aber warum?

Wie bestellt kommt ihm die nächste Erinnerung zugeflogen. Van der Schnaafs Kamera und deren delikates Ziel.

Auf einmal blubbert's lauter.

Wasser!, versteht er. Schon klar, Achensee und Wasser, aber: Wasser im Boot! Da muss er nicht bis zehn zählen können, um zu wissen, was als Nächstes kommt. Der Lois sucht nach der undichten Stelle, als er gleich noch etwas bemerkt: etwas Metallisches, das um sein rechtes Bein gewickelt ist. Eine Kette. Er fährt daran entlang und findet an ihrem Ende ein massives Gewicht. Jetzt muss er nicht einmal mehr bis fünf zählen können, um zu wissen, wie die Geschichte enden soll, mit ihm am Grund des Sees nämlich.

„Hilfe!", schreit er ins Nichts hinein. Der Pegel im Boot steigt viel zu schnell. Seine Hände fliegen herum und finden ein Ruder, dann das zweite. Wenn er doch nur etwas sehen könnt! Als altes Achenseekind weiß er natürlich, wie man mit dem Ruderboot fährt und dass der See mehr lang als breit ist, womit man schnell ein Ufer erreichen kann, aber dafür muss er die beiden Stangen erst einmal einhängen, aber wie, wenn er nichts sieht?

Er versucht es trotzdem, ertastet die Metallringe, fädelt eines der Ruder hinein, nimmt das zweite …

„Nein!", ruft er, als er merkt, dass es ihm gerade in den See gefallen ist. Er beugt sich ganz hinaus, versucht es noch zu finden, aber es ist weg.

Dafür kommt das Wasser gleich über den Rand herein …

Acht

Nächster Morgen, 8.30 Uhr.

Monika Feuersinger, LKA-Ermittlerin und Verantwortliche in der Sache van der Schnaaf, steigt aus ihrem brandneuen Dienstwagen. „Dann schauen wir uns diese Frau Abfalter einmal genauer an", sagt sie mehr zu sich selbst als zu sonst wem. Sie hat hier die Hosen an, und das lässt sie die beiden Männer in ihrem Gefolge auch spüren.

Sie klingelt am Haus Rosalind, aber erst einmal passiert gar nichts – also drückt sie gleich noch einmal.

„Frau Major Feuersinger?", ruft Kollege Franz. „Schauen Sie, ein Kellerfenster ist zerbrochen."

Sie geht zu ihm hin und schaut sich den Schaden an, bevor sie den ganzen Kasten einmal genauer unter die Lupe nimmt. Der Kontrast dieser Bruchbude zum direkt angrenzenden Nobelhotel könnte nicht größer sein. „Sind Sie sicher, dass wir das richtige Objekt haben? Schaut verlassen aus."

„Äh … ja. Haus Rosalind gibt's nur eines. Dieses."

„Von mir aus. Wir gehen rein!", befiehlt sie und zückt ihre Glock. „Gefahr im Verzug!", sagt sie zur Sicherheit dazu und befiehlt dem Kollegen, die Tür einzutreten.

Dieser zögert kurz, doch ihr Blick ist unmissverständlich. Also stellt er sich breitbeinig hin, holt Schwung und …

… und eine Sekunde bevor er zugetreten hätte, öffnet sich die Haustüre von selbst.

Und die Frau Major Feuersinger glaubt, sie sieht nicht recht.

Neun

„Schon da?", gibt der lyrische Lois knapp zur Begrüßung hinaus. Als er in die verdutzten Gesichter starrt, wird ihm richtig warm ums Herz. Das ist auch dringend nötig. Vor lauter Seewasser und Schlechtigkeit der Welt steckt ihm der Frost tief in den Knochen.

Um den Showeffekt seines Auftritts noch zu steigern, wirft er das Metallgewicht in seiner rechten Hand ein paar Zentimeter hoch und fängt es lässig wieder, als wäre er der Schreckliche Sven aus *Wickie und die starken Männer*. „Kommt's rein", sagt er dazu.

Ja, da schaut's, denkt er. Wenn er wetten hätte müssen, hätt er gegen sich gesetzt, draußen auf dem See. Nur ein Ruder, da kannst du höchstens im Kreis fahren, bis du in deiner lecken Nussschale untergehst, und mit der Kugel am Bein schwimmst du anschließend wie ein Stein.

Aber dann hat er sich selbst überrascht. Weil er plötzlich ganz klar erkannt hat, wie er die Prioritäten setzen muss. Schritt eins: Loch suchen und stopfen. Schritt zwei: Ans Ufer kommen.

Das Leck zu finden war leichter als gedacht. Aber womit verschließen? Erst wollt er's mit dem Uniformhemd probieren. Aber dann sind ihm seine Hamsterhosentaschen eingefallen. Mit den ganzen Zündhölzern drin. Und wo er mit der Hand hineingefahren ist, zu seinen kleinen, geköpften Freunden, hätt er fast grinsen müssen.

Da sieht man mal, wozu Hobbys gut sein können. Der Lois ist nämlich inzwischen derart geschickt mit den Hölzchen geworden, dass er im Nu eine ausreichende Menge davon aneinandergelegt und im Loch verkeilt hat, so dicht und kompakt hineingestopft, dass man's fast so lassen könnt, quasi fachmännisch geflickt.

Der Rest war dann vergleichsweise einfach, wenn auch mühsam. Ein halb gesunkenes Boot mit nur einem Ruder wie ein Kajak vorwärts zu bewegen lässt dich alle deine Sünden abbüßen. Irgendwann in den frühen Morgenstunden hat er dann aber seinen Fuß an Land gesetzt.

Und da hat ihn dann plötzlich noch mehr der Ehrgeiz gepackt.

Zehn

Als Major Feuersinger den Frühstücksraum der Pension betritt, sieht sie eine ältere Frau schweigend am Tisch sitzen. Sie starrt ausdruckslos auf ein Blatt Papier. Daneben liegt ein Kugelschreiber.

„Kaffee?", fragt der senile Ortspolizist mit einem dümmlichen Grinsen im Gesicht.

Natürlich bietet er ihr nicht wirklich einen Kaffee an. Rhetorische Fragen riecht sie zehn Meter gegen den Wind. Da sieht sie erst, dass die Dame an ihren Stuhl gefesselt ist und völlig verstört wirkt.

„Inspektor Volderbacher, was erlauben Sie sich?",
schimpft sie und schreitet entschieden auf die Frau zu,
um sie zu befreien.

„Hinsetzen!", befiehlt der Polizist.

„Ich hab mich wohl verhört?", blafft sie.

„Hin-set-zen! Und le-sen!"

Als sie ihm gerade sein Disziplinarverfahren ankün-
digen will, sieht sie aus dem Augenwinkel, dass der Zettel
auf dem Tisch mit „Geständnis" betitelt ist und die Dame
ihn wohl unterschrieben hat, bevor sie gefesselt wurde.

Meinetwegen, denkt die Frau Major, seufzt schwer,
schnappt sich den Wisch und liest.

Geständnis

Ich, Abfalter Rosalind
Gestehe hoch und heilig
Am Tod von Armin van der Schnaaf
War ich nicht unbeteiligt

Er starb durch meine Hände gar
Die Schuld liegt nur bei mir
Mein Vorsatz, der war sonnenklar
Getrieben von der Gier

Am Wegesrand erhob ich ihn
Des Messers kalten Stahl
Und hieb ihn in den Mann hinein
Das Blut, es schoss im Strahl

Ich plante diesen Hinterhalt
Mit aller List und Tücke
Doch wurde ich vom Lois ertappt
Mein Schlüssel war die Brücke

Warum, fragst du?
Hör zu.

Ich sah in einem Magazin
Just vor ein paar Tagen
Wie ein King mit falscher Queen
Sich allzu gut vertragen

Beim Nachbarn in der Alpen-Suite
Das Liebespaar sich wand
Ich merkte gleich, dass dieses Bild
In meinem Haus entstand

Das Zimmer von Herrn van der Schnaaf
Als einziges belegt
Da hat der Schmierenfotograf
Ein großes Ding gedreht

Am Laptop fand ich mehr davon
Im Schrank die fette Beute
Ich nahm den Zaster und beschloss
Dein Leben endet heute

Elf

Der Lois ist ja so froh, wie er die Leute aus Innsbruck abfahren sieht. Netterweise haben die ihm geholfen, die Fußfessel samt Gewicht loszuwerden. Dann hat er erst einmal heiß duschen müssen, bevor er die weiteren Fragen beantworten hat können.

Ganz offensichtlich witterte die Rosalind den großen Jackpot, als sie das ganze Geld im Schrank ihres einzigen Gasts gefunden hat. Manche Schnappschüsse von Promis sind ja angeblich Millionen wert. So viel war's beim Herrn van der Schnaaf nicht, aber immerhin hunderttausend Euro in bar – genug, um bei der Rosalind die Sicherungen durchbrennen zu lassen. Dass sie ihn dann auch noch umbringen hat wollen, noch dazu so abgebrüht, beeindruckt ihn fast ein bissl. Aber das Verbrechen lauert halt überall.

Die Frau Major war schwer beeindruckt, das hat er genau gesehen, auch wenn sie sich ein bissl schwer mit dem Dankesagen getan hat. Ihre beiden Handlanger waren ebenso schmähstad – was vermutlich das Beste ist, was man von denen kriegen kann.

Jetzt aber zu Wichtigerem: Der Lois muss aufholen. 240 Hölzchen pro Stunde muss er heute noch köpfen und morgen genauso. Vor lauter Arbeit, die vor ihm liegt, ist ihm schon ganz schwindlig.

Noch schwindliger wird ihm, als er das Privatauto vom Albin vorfahren sieht – seinem Chef, der eigentlich noch drei Wochen auf Urlaub sein soll. Kind und Kegel lässt er einfach sitzen und stürmt in die Wache herein, so aufgeplustert, als wollte er es höchstpersönlich mit der al-Qaida aufnehmen. „Lois, was hab ich da gehört! Mord, bei uns? ... Wo sind die Füchse? Die Füchse, wo sind die? Wieso stehst du hier so untätig herum? An die Arbeit, los!"

Der Lois weiß nicht, wie ihm geschieht.

Zuerst glaubt er nur, er hört nicht recht.

Dann glaubt er auch, er sieht nicht recht – weil sich der Albin vor seinen Augen in ein riesiges Zündholz verwandelt.

Und da weiß er plötzlich, was er zu tun hat.

„Jetzt geht's dir an den Kragen, magst du auch noch so klagen!", ruft er, lacht tonlos und greift nach dem Teppichmesser auf seinem Schreibtisch.

Alex Beer

3 – 2 – 1 – tot

Kurzkrimi

Eins. Parkplatz

„Sind wir hier wirklich am richtigen Treffpunkt?" Die Autorin lächelte gequält, als sie ihren Blick über die Anwesenden schweifen ließ. Nur vier Zuhörer hatten sich auf dem Parkplatz in der Nähe des Gasthofs St. Hubertus in Pertisau eingefunden. Sie hatte sich wohl mehr Interesse erwartet – immerhin hatte sie extra für den Anlass eine Kurzgeschichte verfasst. Sie schaute anschließend auf ihre Uhr. Es war zehn vorbei, und da die Anwesenden ihr versicherten, dass dies der richtige Ort und die richtige Zeit waren, musste sie den Tatsachen ins Auge sehen. Sie atmete tief ein und ließ die Luft langsam durch ihre Nase entweichen. „Willkommen zur diesjährigen Krimiwanderung ...", setzte sie an.

„Können Sie uns schon etwas über die Überraschung sagen?", wurde sie von einem jungen Mann unterbrochen. Er trug ein rosafarbenes Polohemd mit hochgestelltem Kragen, eine Chinohose und dazu elegante Slipper. In seinen gewellten braunen Haaren steckte eine Sonnenbrille.

„Oh ja", rief eine ältere Frau in einem langen gelben Sommerkleid. Um ihre üppigen Hüften hatte sie eine Strickweste geknotet, ihre Füße steckten in weißen Gesundheitsschuhen. „Geben Sie uns doch zumindest einen kleinen Tipp!"

„Überraschung?" Die Autorin runzelte die Stirn und zog einen Stapel vollgeschriebener Seiten, die fein säuberlich mit einer Büroklammer zusammengeheftet waren, aus ihrem Rucksack. „Sie meinen den Krimi, den ich extra für die heutige Wanderung ..."

„Doch nicht den." Eine sportliche Blondine in knappen Shorts und einem tief ausgeschnittenen Trägerleibchen fasste in ihre Designerhandtasche, die lässig über ihrer Schulter hing. „Die Überraschung, die am Weg auf uns wartet." Sie präsentierte ein goldenes Kuvert und zog eine Karte daraus hervor.

„Herzlichen Glückwunsch, liebe Sarah", stand mit schwarzer Tusche darauf geschrieben. „Du gehörst zu den VIPs, auf die bei der diesjährigen Krimiwanderung eine ganz besondere Überraschung wartet. Gemeinsam mit unserer Autorin spaziert Ihr über den Dien-Mut-Weg. Es ist ein Pfad der Besinnung, der Dich und die anderen Teilnehmer dazu einlädt, in Euch zu gehen. Es wartet etwas auf Dich, das Dein Leben verändern wird. Sei gespannt."

„Können wir dann endlich starten?", fragte ein hagerer Mann um die sechzig, der Golfbekleidung trug. „Ich habe nicht den ganzen Tag Zeit. Die Geschäfte warten, und auf die Driving Range wollte ich auch noch."

Die Autorin zeigte sich davon unbeeindruckt. Sie nahm Sarah die Karte aus der Hand und studierte sie. „Hat jeder von euch so eine bekommen?"

„Glaubst du, ich bin wegen dir und deinem Krimi hier?" Der Golfer rollte mit den Augen. „'tschuldigung", fügte er hinzu, als er den gekränkten Gesichtsausdruck der Autorin bemerkte. „Das war nicht persönlich gemeint, ich hab's einfach nur eilig. Ich bin Andreas Gerwarth, der Besitzer und Leiter der Gerwarth Düngemittel AG. Wenn man für einen internationalen Konzern verantwortlich ist, hat man einen vollen Terminkalender."

„Ich verstehe das gut", sagte der junge Kerl im Polohemd. „Ich bin auch Unternehmer. Klaus Setzer von der Achensee-Party GmbH & Co KG."

Die blonde Sarah riss die Augen auf. „Wie cool! Du organisierst diese Megafeten im Strandbad Pertisau."

Klaus grinste. „Ganz genau. Und weil's so gut läuft, kommen nächste Saison eine Uferlocation in Buchau und ein Partyschiff dazu. Das wird fett." Er ließ seinen Blick anerkennend über ihre durchtrainierten Rundungen wandern. Plötzlich hielt er inne. „Hey, du bist doch die Lifestyle-Sarah. Die Influencerin."

Sie entblößte zwei Reihen strahlend weißer Zähne. „Genau. Fashion, Beauty, Fitness rund um den Achensee. Das ist mein Metier."

„Ich bin Gertrud", stellte sich nun auch die alte Dame vor. „Keine Ahnung, wie ich in dieser illustren Runde gelandet bin. Ich bin pensionierte Biolehrerin." Sie streckte ihre Hand aus.

Zögerlich ergriff die Autorin sie. „Alex. Schriftstellerin."

„Also ich würde die Geschichte gerne hören." Sarah zückte ihr Handy. „Vielleicht kann ich auf Facebook was darüber posten." Sie hielt sich die Kamera ihres Telefons vors Gesicht, machte einen Schmollmund und drückte auf den Auslöser. „Meine Fans wollen unterhalten werden. Ist übrigens auch super Werbung für dich. Vielleicht kommen dann nächstes Mal mehr Leute."

Die Autorin nickte. „Gehen wir's an."

Zwei. Sichel

„Dienet einander wie Stufen und Glander", war auf einer Holztafel gestanden, an der alle Teilnehmer achtlos vorbeispaziert waren.

Schwerer zu ignorieren war die überdimensionale Sichel, unter der die Autorin nun stehen blieb. „Der Titel meines Kurzkrimis lautet *Der Schlächter vom*

Achensee." Sie deutete nach oben und lächelte. „In der Geschichte schlägt der Schnitter ziemlich oft zu."

„Der Schnitter hat aber eine Sense, keine Sichel", erklärte Klaus. „Das sind zwei völlig unterschiedliche Dinge." Er schaute zu Sarah und zwinkerte.

„Wie auch immer." Die Autorin rollte mit den Augen. „Hat jemand von euch schon mal eines meiner Bücher gelesen? *Die Bestie von Pertisau* zum Beispiel oder *Mörderisches Maurach*? Was ist mit dem *Karwendelkiller*?"

„Ich hab bis heute noch nie was von dir gehört", erklärte Sarah. „Bis du auf Instagram oder wenigstens auf Facebook?"

„Ich hab so viel mit meinem Business zu tun, da hab ich keine Zeit zum Lesen", sagte Andreas und erntete ein verständnisvolles Nicken von Klaus.

„Mir kommt dein Name irgendwie bekannt vor." Gertrud kratzte sich an der Nase.

Die Autorin seufzte. „Meine Bücher gibt es in jeder gut sortierten Buchhandlung. Vielleicht bringt euch ja mein heutiger Kurzkrimi dazu, eines oder mehrere davon zu kaufen. Ich hoffe, ihr seid nicht zart besaitet. Ich bin nämlich berühmt-berüchtigt für meine blutigen Morde." Sie räusperte sich. „Es war ein strahlend schöner Sonntagvormittag in Pertisau", fing sie an vorzulesen. „Trotzdem war die Stimmung im Ort gedrückt. Unheil lag in der Luft. Die junge ...“

„Jetzt ist es mir doch noch eingefallen", unterbrach Gertrud. „Ich wusste ja, dass ich schon mal von dir gehört habe."

Die Autorin lächelte.

„Das Tourismusbüro hat behauptet, dass du mit deinen Büchern ein schlechtes Licht auf die Region wirfst. Zu viel Sex und Brutalität. Die *Tiroler Tageszeitung* hat darüber geschrieben."

Das Lächeln erstarb. „Unheil lag in der Luft ...", setzte die Autorin erneut an.

„Tut mir leid", unterbrach Gertrud schon wieder. „Wir wandern gleich über einen Besinnungsweg. Ich finde es unpassend, darauf von Sex und abgeschlachteten Menschen zu reden." Sie wandte sich an die anderen. „Unterhalten wir uns doch lieber über die heilige Notburga. Ihr ist der Pfad nämlich gewidmet." Sie griff in ihre große beige Handtasche und zog eine Broschüre daraus hervor. „Wisst ihr, warum hier diese Sichel steht?" Sie fing unaufgefordert an zu referieren: „Es war während der Erntezeit, da läutete die nahe Kirche zum Gebet. Notburga, die gerade auf dem Feld schuftete, wollte die Arbeit beenden, doch der Gutsherr bestand darauf, dass sie weitermachte."

„Recht hat er gehabt", warf Andreas ein. „Wenn die Ernte fällig ist, dann muss man sie einholen. Die Leute haben einfach kein Verständnis für unternehmerische Werte. Damals wie heute wollen sie am liebsten gar nichts tun. Immer hört man nur Urlaub, Krankenstand, Zeitausgleich, Fenstertag, Work-Life-Balance ... Sich dann aber aufregen, dass man zu wenig verdient." Er schüttelte den Kopf und seufzte. „Tachinierer."

Gertrud schnaufte verächtlich. „Die heilige Notburga hat sich jedenfalls nicht so einfach vom Gebet abhalten lassen. Sie hat ihre Sichel genommen und sie hoch in die Luft geworfen." Sie machte eine theatralische Pause und deutete in den Himmel. „Ob ihr es glaubt oder nicht: Das Werkzeug blieb an einem Sonnenstrahl hängen, und der Gutsherr sah ein, dass Feierabend und Sonntagsruhe Gottes Wille waren. Seither spricht man vom Sichelwunder."

Andreas verzog das Gesicht und setzte zu einer Entgegnung an.

„Lassen wir das mit den Geschichten", ging die Autorin dazwischen, bevor ein Streit ausbrechen konnte. „Wandern wir einfach direkt auf die Rodlhütte und finden heraus, was denn die Überraschung ist." Sie klatschte in die Hände. „Auf geht's!"

Drei. Brunnen

Der Weg schlängelte sich in sanften Biegungen durch den Wald, Vögel zwitscherten, Insekten summten, und die klare, sauerstoffreiche Luft duftete nach Harz und Tannennadeln. Doch die Teilnehmer der Krimiwanderung fanden keine Zeit, die Natur zu genießen. Eilig hasteten sie an den verschiedenen Stationen vorbei und ließen die Schilder mit weisen Sprüchen unbeachtet.

„Wusstet ihr, dass Dienmut aus dem Althochdeutschen stammt und Mut zum Dienen bedeutet?", fragte Gertrud, als sie vor einem Brunnen eine kurze Rast einlegten.

Der Rest der Runde ignorierte sie geflissentlich.

„Dieser besinnliche Scheiß geht mir langsam auf die Nerven", zischte Klaus. „Ich hoffe, die Überraschung ist das ganze Theater wert."

„Was, wenn wir die Überraschung nicht einfach so bekommen? Vielleicht müssen wir etwas dafür tun." Gertrud wedelte mit ihrer Broschüre in der Luft herum. „Habt ihr euch schon mal überlegt, warum wir ausgerechnet über diesen Weg geschickt werden?"

„Stimmt." Sarah machte große Augen. „Vielleicht ist das Ganze ein Gewinnspiel. Ein Quiz. Interaktive, transmediale Marketingaktionen sind der neue heiße Scheiß."

„Na gut. Zeig mal her", murrte Andreas.

Die Gruppe scharte sich um Gertrud.

„Aua!" Klaus fasste sich plötzlich an den Arm. „Irgendwas hat mich gestochen."

„Scheiß Natur." Andreas sah sich um. Da er nirgendwo ein Insekt entdecken konnte, wandte er sich wieder Gertruds Infoblatt zu.

„Irgendwie geht's mir nicht so gut." Klaus zog ein Taschentuch aus seiner Hose und fuhr sich damit übers Gesicht. „Mir ist ganz schwindlig."

„Bist du vielleicht allergisch?" Sarah musterte ihn. „Dein Gesicht ist ganz rot. Wart, ich hol dir Wasser." Sie trat an den Brunnen und blickte hinein. „Der ist ja leer."

„Warum ist dieser Brunnen leer? Warum fließt hier kein Wasser mehr? Wenn jeder nur noch an sich selber denkt, dem andern keine Liebe schenkt, versiegt auf Erden jede Quelle, in den Menschen alles Helle", las Gertrud vor.

Klaus setzte sich auf den Rand des Brunnens und fasste sich an den Hals. „Ich krieg ... keine ... keine ...", röchelte er.

Sarah hielt ihr Handy in die Luft und drehte sich einmal um die eigene Achse. „Leute, wir haben ein Problem. Hier gibt's keinen Empfang."

„Sie hat recht." Andreas starrte auf sein iPhone. „Totales Funkloch."

„Hat irgendwer ein Antihistamin dabei, oder kann einer von euch einen Luftröhrenschnitt machen?" Gertrud fächerte Klaus mit ihrer Broschüre Luft zu. „Hilfe", rief sie, als er plötzlich nach hinten kippte und in der hölzernen Umrandung liegen blieb.

Die anderen eilten zu ihr. Gemeinsam starrten sie auf Klaus, dessen Gesicht blau angelaufen war. Seine Zunge quoll grotesk aus seinem Mund, er gab keinen Laut mehr von sich.

Die Autorin fasste an seine Halsschlagader und wurde ganz blass. „Oh mein Gott", flüsterte sie. „Das kann doch nicht ... das darf nicht ..." Mit schockstarrer Miene drehte sie sich um. „Klaus ist tot."

„Gehört das etwa zu der Wanderung?" Andreas stemmte die Hände in die Hüften. „Du hast einen ganz schön dunklen Humor, meine Liebe. Ehrlich gesagt, finde ich das nicht lustig."

„Ich auch nicht." Gertrud verschränkte die Arme. „Ich finde, das geht zu weit."

Die Autorin schüttelte den Kopf. „Nein", stammelte sie. „Das ist kein ... das ist nicht ... Er ist wirklich ..."

Andreas glaubte ihr offenbar noch immer nicht. Er beugte sich über Klaus' leblosen Körper und fühlte dessen Puls. „Verdammt", murmelte er. „Das ist wirklich nicht gestellt. Das ist echt."

Sarah fing an zu weinen.

Gertrud starrte auf den Boden und murmelte leise ein Gebet.

„Was ist das?" Die Autorin zeigte auf ein goldenes Kuvert, das neben dem Brunnen lag.

„Klaus' Einladung", schluchzte Sarah. „Die ist ihm wohl aus der Tasche gerutscht."

„Das ist nicht die Einladung." Andreas hob das Kuvert auf und präsentierte den anderen dessen Vorderseite. „LIES MICH VOR", stand darauf geschrieben. Er öffnete den Umschlag, zog ein Blatt Papier daraus hervor und tat, wie ihm geheißen. „Einer von Euch ist tot, vergiftet, um genau zu sein. Findet heraus, warum er sterben musste, zieht Konsequenzen und rettet dadurch Eure Leben."

„Gar nichts werde ich." Sarah wischte sich die Tränen aus dem Gesicht und stampfte mit dem Fuß auf den Boden. „Ich geh zurück und hol die Polizei."

„Halt, nicht so schnell", hielt Andreas sie zurück. „Die Nachricht geht noch weiter." Er zog Fotos aus dem Umschlag, auf denen die Anwesenden im Kreise von Bekannten und Verwandten zu sehen waren. „Weglaufen bringt nichts", las er weiter vor. „Ich weiß alles über Euch und werde Euch holen. Eure Familien und Freunde nehme ich mit. Dasselbe gilt für Wanderer, die Euch auf dem Weg begegnen. Ein falsches Wort, eine falsche Geste, und alle müssen sterben. ALLE. PS: Bei den Rastbänken findet Ihr einen weiteren Tipp."

„Wenn der Mörder kein Blasrohr verwendet hat, dann war es einer von uns", äußerte Andreas einen schlimmen Verdacht. Er kniff die Augen zusammen und musterte die drei Frauen. „Wer stand neben dem armen Klaus, als er gestochen wurde? Warst das nicht du?" Er zeigte auf Sarah.

„Nein, sie war's." Sarah deutete auf Gertrud.

„Ich? Ganz sicher nicht. Sie war's." Die alte Dame zeigte auf die Autorin. „Außerdem sind perfide Mordmethoden ihr tägliches Brot."

„Jetzt, wo du's sagst ...", stimmte Sarah zu. „Und mit so einer Aktion würden deine Bücher auch endlich ein bisschen Aufmerksamkeit kriegen. Man hört doch immer wieder, dass Schriftsteller für einen Bestseller über Leichen gehen würden." Sie starrte sie mit einer Mischung aus Zorn und Furcht an.

„Und was hab ich von einem Bestseller, wenn ich im Knast sitze?" Die Autorin winkte ab. „Gegenseitige Verdächtigungen bringen nichts. Ihr habt gehört, was in der Nachricht steht. Wir müssen herausfinden, warum Klaus sterben musste. Wie weit ist es bis zu den Rastbänken?"

Gertrud konsultierte ihr Faltblatt. „Nicht weit. Noch drei Stationen."

„Worauf warten wir dann noch? Los!"

Vier. Rastbänke

„Klaus hat Partys im große Stil veranstaltet", dachte Andreas laut nach. „Er war ein junger Mann mit Unternehmergeist und großen Zielen, der vielen Leuten viel Spaß beschert hat."

„Vielleicht hat es was mit Neid zu tun?", schlug Sarah vor. „Der Mörder hasst erfolgreiche Menschen wie Klaus und mich und dich."

„Aber was ist dann mit den beiden?" Andreas deutete auf Gertrud und die Autorin. „Es muss ein anderes Motiv geben."

„Lasst uns den Hinweis suchen, von dem in der Nachricht die Rede war." Sarah schaute sich um. „Da", rief sie plötzlich und zeigte auf ein Stück goldenes Papier, das unter der rechten Bank hervorblitzte. „Ist das wieder ein Umschlag?"

Andreas bückte sich und griff danach. „Au!", rief er und starrte auf seinen Finger, an dessen Spitze ein roter Blutstropfen hervorquoll. „Verdammt!" Er kniete sich nieder und inspizierte die Unterseite der Sitzfläche. „Da hat jemand eine Nadel ..." Als ihm die Tragweite dieser Entdeckung bewusst wurde, wich sämtliches Blut aus seinem Gesicht.

Die drei Frauen starrten ihn an. „Schaut nicht so deppert. Tut doch was."

„Saug es aus", schrie Gertrud.

„Das bringt nichts, aber vielleicht können wir den Finger abbinden." Die Autorin nestelte an den Schnürsenkeln ihrer weißen Turnschuhe herum.

„Was, wenn wir ihn runtertragen?", schlug Sarah vor. Sie musterte Andreas, der wie ein Häuflein Elend auf dem Boden hockte und schwer atmete. „Er ist schmal, und wir sind zu dritt."

„Du hast doch gehört, was in dem Brief steht", warf Gertrud ein. „Wenn wir zurückgehen, wird der Mörder ..."

„Die Mörderin", korrigierte die Autorin und starrte Sarah und Gertrud an. „Mir ist etwas eingefallen. Wenn jemand Klaus mit einem Blasrohr oder etwas Ähnlichem beschossen hätte, dann hätte der Stachel noch in seinem Arm gesteckt. Da war aber nichts." Sie verengte die Augen, bis sie nur noch kleine Schlitze waren. „Und woher will der Killer wissen, ob wir das Rätsel über das Motiv gelöst haben, wenn er nicht mitten unter uns ist? Je mehr ich darüber nachdenke, desto mehr bin ich davon überzeugt, dass eine von euch die Täterin ist."

Andreas hatte in der Zwischenzeit begonnen zu röcheln. Seine Atmung war flach, sein Brustkorb hob und senkte sich nur noch ganz schwach, bis er sich plötzlich gar nicht mehr bewegte.

„Ruhe in Frieden." Gertrud schloss die Augen des Toten und inspizierte das Kuvert, das er noch immer in der Hand hielt. Vorsichtig öffnete sie es. „Ihr müsst also einen weiteren Todesfall beklagen", las sie vor. „Geht tiefer in Euch. Denkt intensiver nach. Ich hatte Euch einen Tipp versprochen: DER WEG IST DAS ZIEL. Na, klingelt was? Ihr habt bis zum Ende des Pfads Zeit, mein Motiv zu finden und etwas zu unternehmen. Solltet Ihr es nicht schaffen, seid Ihr bei den drei Steinen alle tot. PS: Trödeln gilt nicht. Die Uhr tickt. Ihr habt maximal noch eine halbe Stunde."

„Der Weg ist das Ziel", wiederholte Sarah.

„Ich denke, es geht um den Dien-Mut-Weg." Gertrud konsultierte die Broschüre. „Öffne die Augen für die Wunder der Schöpfung, für die Blumen und Sträucher am Rande des Weges, am blauen See", las sie vor.

„Höre auf die Vogelstimmen, auf das Rauschen der Baumwipfel, auf die Stimmen im Wald."

„Ich bin schon seit Klaus' Tod total aufmerksam." Die Autorin ging hektisch im Kreis. „Ich schaue, ich höre, ich denke, aber mir fällt nichts ein." Sie blickte auf ihre Uhr. „Wir müssen los."

Fünf. Kreuz

„Er litt und starb, damit wir leben. Er wandelt auch dein Kreuz zum Segen. Er streckt dir die Hand entgegen auf allen deinen Wegen. Du sollst nicht zerbrechen am Leid, es führt auch dich zur Herrlichkeit", las Gertrud vor.

„Von wegen, nicht zerbrechen", schmiss Sarah endgültig die Nerven weg. „Von wegen Herrlichkeit. Das ist ein totaler Albtraum." Sie zeigte auf Gertrud. „Du. Du bist die Mörderin. Du alte Kuh. Als ehemalige Biolehrerin kennst du dich mit Giften aus." Sie wandte sich an die Autorin. „Wir sollten sie außer Gefecht setzen."

„Mach doch, aber damit tust du dir keinen Gefallen. Ich bin diejenige, die noch auf deiner Seite ist. Sie ist nämlich die Killerin." Sie zeigte auf die Autorin. „Seit Jahren tut sie nichts anderes, als sich mit Morden zu beschäftigen. So jemand muss doch gestört sein."

„Ja, Mord ist mein Leben, und darum weiß ich, dass es immer diejenigen sind, denen man es am wenigsten zutraut." Die Autorin deutete auf Sarah.

„Dann muss aber sie es sein." Sarah zeigte auf Gertrud.

Sie sahen ein, dass sie so nicht weiterkamen. Mit erhitzten Gemütern setzten sie den Weg fort.

Sechs. Schlüssel

„Wie gern wär ich jetzt da drinnen", wehmütig starrte Sarah zu den Gondeln der Karwendelbahn hinauf, die über ihnen vorbeirauschten. „Wenn wir doch nur ..." Sie hielt inne, als ihnen plötzlich eine Gruppe Jugendlicher entgegenkam.

Sie alle starrten auf ihre Handys und lachten über irgendein Video.

„Gibt's hier etwa Empfang?" Sarah zog ihr Telefon aus der Tasche. „Ja!", beantwortete sie sich die Frage selbst. „Gott sei Dank." Mit zitternden Fingern gab sie ihren Code ein.

„Lass das", zischte die Autorin. „Du bringst uns alle in Gefahr. Und die Kids gleich dazu." Sie deutete auf den bunten Haufen, der gerade an ihnen vorbeiging.

„Ich werde sicher nicht kampflos ins Verderben rennen. Ich bin kein dummes Lamm, das sich freiwillig auf die Schlachtbank begibt."

„Denken wir lieber noch einmal nach", insistierte die Autorin. „Im Krimi gibt es immer eine logische Erklärung. Wir müssen ..."

„Scheiß auf logische Erklärungen." Sarah tippte 1-3-3. Noch bevor sie auf den Anrufknopf drücken konnte, schlug die Autorin ihr das Gerät aus der Hand. „Sag mal, spinnst du?" Sarah stieß die Autorin von sich fort und bückte sich.

„Du dumme Kuh. Du bringst uns alle in Gefahr." Die Autorin trat ihr in den Hintern, sodass Sarah umkippte und auf den überdimensionalen Schlüssel fiel, der den Boden zierte.

Sarah griff nach einem Stein, stand auf und warf ihn nach der Autorin. Sie verfehlte sie um Haaresbreite.

Die Autorin riss die Augen auf und verpasste Sarah eine Ohrfeige. „Du verwöhntes Drecksluder."

Gertrud versuchte, die beiden auseinanderzubringen, woraufhin eine handfeste Rauferei ausbrach. Haare wurden ausgerissen, Tritte verteilt und Beleidigungen gerufen.

„Du dreckige Schla..." Sarah hielt mitten im Wort inne, da Gertrud plötzlich auf den Boden sackte. Sie starrte auf die alte Frau, die keinen Muckser mehr von sich gab. „Gertrud?" Sie wandte sich an die Autorin. „Glaubst du, sie hat einen Herzinfarkt bekommen?"

Die Autorin schüttelte den Kopf und zeigte auf das goldene Kuvert, das neben der Toten lag. Sie vergewisserte sich, dass keine tödliche Falle lauerte, dann hob sie es vorsichtig auf. „Ihr habt es nicht anders gewollt", stand in dem Brief.

„Und weiter?"

„Nichts weiter."

Sarah kniff die Augen zusammen. „Du warst es also", zischte sie.

„Hör mit der Scharade auf, du mörderisches Miststück", entgegnete die Autorin.

„Selber! Du hast uns zu dieser beschissenen Wanderung gelockt, um uns abzumurksen. Wie gut, dass wir deinen scheiß Kurzkrimi nicht auch noch hören mussten." Sarah ging in Lauerstellung. „Solltet Ihr es nicht schaffen, seid Ihr bei den drei Steinen alle tot", zitierte sie aus dem zweiten Brief. „So weit lasse ich es nicht kommen. Ich werde überleben." Mit einem lauten Schrei, die Faust hoch erhoben, stürmte sie auf die Autorin los.

Diese bückte sich, hob den Stein auf, den Sarah vorhin nach ihr geschmissen hatte, und warf.

Sarah wurde getroffen, blieb wie angewurzelt stehen und fasste sich an die Schläfe, aus der dickes, warmes Blut quoll. Ohne einen Laut von sich zu geben, kippte sie um.

Die Autorin fing hysterisch an zu lachen.

Sieben. Steine

„Wo willst du denn hin? Etwa Hilfe holen in der Rodlhütte?"

Die Autorin drehte sich um und erstarrte. „Aber ... aber ... du bist doch ...", stammelte sie. „Du bist doch tot."

„Aber nein." Gertrud lächelte. „Im Gegensatz zu euch anderen bin ich sehr lebendig. Körperlich und vor allem seelisch." Sie winkte mit ihrer Broschüre. „Du und die anderen, ihr seid ... wart ... verdorbene, ignorante Kreaturen. Jeder von euch hat alles dafür getan, diese wunderbare Gegend, in der wir leben, kaputt zu machen. Klaus hat mit seinen Partys Drogen, Rausch und Sex propagiert, Andreas hat seine Mitarbeiter ausgebeutet und mit seiner Firma die Umwelt verschmutzt, Sarah hat dafür gesorgt, dass die Jugendlichen im Internet Scheinwelten aufbauen und alles nur noch über einen Bildschirm wahrnehmen, und du ... du hast mit deinen schrecklichen Geschichten die Moral und die Tugend Tirols in Zweifel gezogen." Sie deutete um sich. „Dieser wundervolle Pfad hat euch Sünder eingeladen, euch zu besinnen. Die Stationen versuchen, Demut und Orientierung zu vermitteln. Doch ihr ... ihr hattet dafür nichts übrig. Ihr habt den falschen Weg gewählt, und dafür müsst ihr die Rechnung zahlen." Sie rollte die Broschüre zusammen und legte eine Nadel hinein. „Das blonde Dummchen hatte recht. Als ehemalige Biologielehrerin kenne ich mich tatsächlich mit Giften aus." Noch bevor die Autorin reagieren konnte, blies Gertrud in das Rohr.

„Au!" Die Autorin fasste sich an den Hals, in dem die Nadel nun steckte. „Mörderin!" Sie wollte auf Gertrud losgehen, doch ihre Beine gehorchten nicht.

„Wie ich angekündigt habe: Solltet Ihr es nicht schaffen, seid Ihr bei den drei Steinen alle tot." Gertrud ließ die völlig überrumpelte Autorin, die bereits schwer atmete, einfach stehen.

Acht. Rodlhütte

Gertrud frohlockte. Sie hatte es geschafft. Die Sünder waren bestraft, die Idylle war gerettet.

„O heilge Notburga, dich zieret der Mut, die Tore zu öffnen bei Armut und Not. Und Neues zu wagen, wenn Wege blockiert, auch Handschlag zu fordern, bis Rast garantiert", sang sie, während sie langsam in Richtung Rodlhütte schlenderte.

Sie hätte schwören können, dass die Vögel noch fröhlicher als sonst sangen, der Wald noch intensiver duftete und die Sonne noch heller strahlte.

„Gern geschehen." Mit einem breiten Lächeln auf den Lippen blickte sie in den Himmel und breitete die Arme aus. „Ich hab's für dich getan, heilige Notburga. Für dich und dein Andenken."

Sie runzelte die Stirn, als über ihr ein dunkler Punkt erschien, der immer größer und größer wurde. „Was um Gottes willen ...?", murmelte sie, kam aber nicht dazu, den Satz zu beenden, da sich die Klinge einer Sichel durch ihr Auge direkt in ihr Hirn bohrte.

„Netter Versuch, Leute", lachte der Leiter der Notburga-Gemeinschaft, der mit seinen Mitarbeitern gerade von der Rodlhütte kam. „Aber die Sichel ist nicht an einem Sonnenstrahl hängen geblieben. Die ist da vorn irgendwo runtergefallen. Ab mit euch an die Arbeit! Die Stationen gehören inspiziert. Der Dien-Mut-Weg hat einen Ruf zu verlieren."

Nicola Förg

Eine echte Spürnase

Kurzkrimi

Wellnessurlaub war so ziemlich das Letzte, was Hauptkommissar Gerhard Weinzirl in den Sinn gekommen wäre. Aber Jo, seine Wir-sind-seit-Ewigkeiten-Kumpel-Freundin, hatte ihn quasi genötigt. Sie hatte am Achensee als PR-Frau geschäftlich zu tun, wollte eine Medienreise vorbereiten. Das waren jene Unternehmungen, bei denen Journalisten für lau verwöhnt in den besten Hotels nächtigten und hofiert wurden. Er hatte was falsch gemacht bei der Berufswahl, befand Weinzirl. Jo jedenfalls wollte das Angenehme mit dem Nützlichen verbinden und ein bisschen wellnessen. Freundin Kassandra war krank geworden und lag fiebrig darnieder, ein zweites Zimmer aber war gebucht. Weinzirl sollte mit!

Nun hatten sie beide auch vor Jahren einen Beziehungsversuch gewagt, der bei zwei Menschen mit solch eigenem Sinn nur hatte scheitern können. Jo hatte öfter mal gejuxt, sie könnten ja heiraten, wenn sie es bis zum Fünfzigsten nicht anderweitig geschafft hätten. Weinzirl war mittlerweile drüber über die magische Marke, Jo kurz davor. Ihrer beider Beziehungsstatus war Single, aber zum Äußersten zu gehen und Jo zu heiraten, diese Mischung aus menschlichem Gewittertief, unberechenbarer Sturmböe und urkomischem Lachsack, so weit war er noch nicht! Dann willigte er lieber in die Wellness ein, zumal das Ganze eben am Ösi-Fjord geplant war. Das Wasser war eiskalt, blödes Rumgeplansche entfiel also. Der See hatte ordentlich Berge rundum, die er mit dem Mountainbike zu erklimmen gedachte. Und Jo? Die hatte mit der Hotelieuse eine Freundin im Geiste gefunden. Zwei Pferdewahnsinnige, Alex Entner wollte Jo in die Grundlagen des Polos einführen. Na, merci, wenn Jo den Ball wirklich mal traf, dann gnade Gott. Hartballtechnisch war das hier sowieso gefährlich, befand Gerhard, auch der ortsnahe Golfplatz schien ihm eine Querschläger-Gefahrenquelle zu sein. Gottlob wollte Jo keinen Golfkurs machen!

Er jedenfalls machte sich auf zur Feilalm. Nicht gerade wenig los in diesen Karwendel-Seitentälern, befand Weinzirl, und die Dichte an E-Bikes war gewaltig. Ganz tief drinnen hatte er ja auch schon mal damit geliebäugelt, mit Rückenwind zu biken, aber etwas weniger tief drinnen erschien ihm das irgendwie doch was für Faulpelze oder Hundertjährige, obwohl er wusste, dass man natürlich dennoch strampeln musste. Das Wetter war kaiserlich. Tiefblau über Karwendelanthrazit. Sanfte Buckel, nahe Bichl, steile Felsnasen und kantige Grate – die Berge spielten im Karwendel alle Stückerl. Weinzirl atmete genüsslich durch, gemächlich stieg das Straßerl zur Pletzachalm an, bis er abbog zur Feilalm. Eine kurze Tour, als Einstieg gerade recht.

In der ersten Kehre überholten ihn zwei Frauen in seinem Alter, die es grad lustig hatten – und jede Menge Atem zum Plaudern. In der zweiten Kehre war es ein Mann, der wahrscheinlich noch keine hundert war, aber kurz davorstand ... Der Neid is was ganz Greißliches. Weinzirl redete sich selbst gut zu, aber musste dann doch fast in den kleinsten Gang schalten. Der Schweiß lief ihm ungut in die Augen, ein fröhliches Pärchen mit einem noch fröhlicheren „Griaß di!" sauste vorbei. Die Akkus sollen euch allen verrecken, schoss es in Weinzirls überhitztes Hirn.

Und dann hörte er Schreie. Sie kamen von weiter oben. Weinzirl trat in die Pedale, was das Zeug hielt, bis er auf eine kleine Gruppe traf. All jene, die ihn überholt hatten, hatten ihre teuren Pedelec-Maschinen mit dem Preis von Kleinwagen zu Boden geworfen und standen vornübergebeugt mitten auf dem Forstweg. Wo ein Mann lag. Dessen Radlhelm Gerhard entgegengerollt kam. Dessen Augen geweitet waren. Dessen Bein ungut verdreht war. Der am Kopf blutete.

Gerhard schob eine der beiden Frauen weg und bückte sich. Fühlte die Halsschlagader. Das waren Griffe, die hatte er einfach drin!

„Tot, der Mann", sagte Weinzirl dann.

Eine der Frauen begann zu weinen, der alte Herr suchte Weinzirls Blick.

„Genickbruch, ganz unschön auf den Brocken da gefallen!" Er schüttelte den Kopf. „Ich war mal Arzt."

„Ich war mal Kommissar, also, bin ich immer noch", antwortete Weinzirl.

„De Gendarmerie werds a brauchn", sagte ein anderer Mann, der in seinem bunten Radldress wie eine Presswurst aussah. „De Rettung eher weniger." Er hielt ein dünnes Seil hoch, hielt es Weinzirl unter die Nase, der eine kurze Weile brauchte, um die Zusammenhänge zu begreifen. Das Seil war dünn und irgendwie klebrig.

„Wo war das?"

„Über den Weg g'spannt. Der is pfeilgrad da eini-brettert, der Mo", sagte die Presswurst.

„Was rasen die auch so", meinte eine Frau leise.

Weinzirl blies Luft aus. „Dann sollten wir mal dringend die Gendarmerie anrufen."

„I denk, du bist?", meinte die Presswurst.

„Ja, schon, aber in Bayern draußen, hier sollten nun schon die Kollegen aus Tirol kommen!"

Diese waren dreißig Minuten später da, mit einem Suzuki, und verschafften sich einen Überblick. Weinzirl, der Arzt a. D. und der gepresste Mann, der aus Jenbach stammte, hatten das Terrain umsichtig gesichert, weitere Biker umgeleitet. Die kamen teils angeschossen, als übten sie für eine Downhill-Challenge. Selbst wenn der Mann das dünne Seil noch gesehen hatte, rechtzeitig zu bremsen war sicher unmöglich gewesen. Man sah sogar eine Bremsspur, dort, wo das Seil gespannt gewesen war. Das alles berichtete Weinzirl den Kollegen, die hocherfreut waren, von berufener bayerischer Seite den Fall knapp zusammengefasst zu bekommen.

„So a Schaas", sagte der Kollege. „Diesmal hats oan derbröselt."

„Was heißt diesmal?"

„Des mit de Seile, des passiert häufig. A E-Bike-Hasser, der überoi Seile spannt. Soiche wie des do."

„Des do" war grau, ein bisschen speckig, es war eine Reepschnur. Sie roch ein wenig so, als stamme sie aus einer Autowerkstatt. Irgendwoher, wo nebenan Benzin gelagert worden war oder der Motor gestartet wurde. Oder von einem Bootsbauer, schoss es Weinzirl plötzlich durch den Kopf. Solche Schnüre gab es an Booten doch zuhauf, und der Achensee war eben ein See. Schiffbar dazu.

„Aber tot, also das gab es bisher nicht?", fragte Weinzirl.

„Naa, dod is no kaaner worn, aber saubere Verletzungen, des sog i dir! Bisher san de Seile grissn."

„Und warum glaubt ihr, es sei ein E-Bike-Hasser? Das kann doch auch Biker mit ganz normalen Rädern treffen!"

„Siagst du normale Räder?", fragte der Kollege lachend.

„Also ich hab eins!"

„Do bisch du oaner von de wenigeren", meinte der Kollege. „De mehrern san mit Motor am Weg. Längst a de Jüngeren, sogar Kinder. De spinnen, de Touristen!"

„Nun ja", sagte der fast hundertjährige Doktor a. D. „Wenn der Enkel aber nur so überhaupt vom PC wegzukriegen ist? Leute, ich als Mediziner muss euch schon sagen: Sportliches Radfahren sollte so stattfinden, dass man nie in Sauerstoffnot kommt. Aerobes Ausdauertraining heißt das Zauberwort. Eine Regel lautet: Die maximale Pulsfrequenz sollte einhundertachtzig minus Lebensalter betragen. Viele hechelnde Normalo-Biker liegen definitiv nicht mehr im aeroben Bereich. Der E-Biker hingegen kann Atmung und Trittfrequenz gleichmäßig halten. Und er kommt mit mehr Luft an. Er kann sein Zipfer lächelnd ordern."

Gerhard hatte ja eine eigene Ansicht zu österreichischen Bieren, und ob ein Zipfer einen zum Lächeln brachte, das bezweifelte er. Aber sei es drum. Der Kollege hatte dem Medizinvortrag aufmerksam gelauscht, und man sah ihm an, dass er nachdachte.

„Einhundertachtzig minus Lebensalter?"

„Ja."

„Hetzig! Dann fahrsch du mit am achtziger Puls, oder wos?", grinste er.

„Fast!"

Sie lachten, aber so richtig lustig war das alles ja nicht, dieses Fallenstellen.

Ein Wagen kam, der den Toten abzuholen gedachte, Weinzirl war die Lust auf seine Biketour und eine ordentliche Speckplatte irgendwie vergangen.

„Wo wohnst du, falls i no was wissn muas?", fragte der Kollege.

„Wiesenhof."

„Ma schian, beim Hansi, a Schulfreind von mir."

„Und du, Doktor Bike?"

„Hotel Central, beim Thordes und der Marianne."

„Wie heißt der Mann?", fragte Weinzirl überrascht.

„Thordes, ein gebürtiger Hamburger, der in Pertisau aufgewachsen ist. Der war als Koch auch mal in San Diego. In Annelieses Bavarian Inn, Treffpunkt der deutschen Gemeinde in Kalifornien, zelebrierte er Schweinsbraten und Strudel unter kalifornischer Sonne." Doktor Bike lächelte Weinzirl an. „Und mit deinem Hotelier, dem Hansi, ist Thordes durch eine ganz kuriose Geschichte verbunden. Im November 1989 stürmten plötzlich deutsche Gäste Annelieses Bavarian Inn, ließen die Korken knallen und grölten: ‚Die Mauer ist gefallen.' Thordes wollte das nicht glauben und rief seinen Kumpel Hansi an, von dem er wusste, dass er gerade in Berlin war. Dort war es vierundzwanzig Uhr, Hansi wurde aus dem Tiefschlaf gerissen. Was? Wo? Wer? Schlaftrunken stellte er fest, dass draußen augenscheinlich wirklich die Hölle los war. Er versprach zu recherchieren und Thordes sofort zurückzurufen. Natürlich hatte der Koch im fernen San Diego recht: Die Mauer war gefallen. Und so wurde ein echter Tiroler von einem Hamburger Tiroler mittels kalifornischer Hotline wach gerüttelt, um einen der größten Momente deutscher Geschichte nicht zu verpennen."

„Stimmt de Gschicht?", fragte der Kollege.

„Allemal!"

Am Ende fuhr der Tote talwärts, die Kollegen auch, Gerhard und der Doc aber eben doch bergwärts, wo Gerhard dann deutlich nach dem Doc ankam. Sein begnadeter Appetit war zurück. Er bestellte sich eine Kaspressknödelsuppe, der Doc tat es ihm gleich, und sie schwiegen lange.

„Ich verbringe ja mehrere Monate im Jahr hier", sagte der Doc. „Schöner als in Mannheim, wo ich an der Klinik gearbeitet habe."

„Mannheim? Du hast gar nicht diesen Dialekt!"

„Gottlob. Ich bin ursprünglich auch aus Hamburg. Ja", er überlegte, „das mit den gespannten Schnüren war auch schon in der Zeitung. Zur Plumpsjochhütte hoch gab es einen Unfall. Zur Weissenbachhütte, und ich glaub auch bei der Erzherzog-Johann-Klause. Der Typ, wenn mir der unter die Finger käme!"

„Ja, eine üble Sache! Da hast du keine Chance. Kann jeden treffen. Und gab es keinerlei Verdacht bisher?"

„Ich glaube nicht. In der Zeitung stand nichts. Aber das müsstest du deinen Tiroler Kollegen fragen, den, der so gut rechnen kann."

Gerhard grinste. „Wie alt bist du denn wirklich?"

„Fünfundneunzig."

„Wahnsinn!"

„Nö, eher überstandig, wie ihr in Bayern sagt. Ich war mit achtzig sehr krank. Ich dachte, das war's dann, hab aber nochmals durchgerissen. Und jetzt hat der Himmelpapa wohl vergessen, mich abzurufen."

Was für eine Type! Weinzirl bezweifelte stark, dass er mit fünfundneunzig noch so fit sein würde.

Sie fuhren vorsichtig zu Tale, es war ein ungutes Gefühl zu wissen, dass man hier jederzeit in eine Seilfalle geraten könnte. Im Hotel war der Vorfall schon Thema, einzig Jo schien recht desinteressiert und hatte sich keine Sorgen um ihn gemacht. Er hätte ja auch kopfüber absteigen können! Sie berichtete irgendwas von ihren Reitheldinnentaten, sie roch auch etwas streng. Aber diese Pferdefrauen behaupteten ja immer, Pferde würden nicht stinken.

Weinzirl trollte sich zu einer Rückenmassage mit Bergkräuterölen. So ein Wellnesshotel hatte doch etwas!

Und so lag er denn mit dem Gesicht nach unten im Loch der Massageliege, die Kommunikation mit der Therapeutin war etwas erschwert. Sie hatte vom Radlunfall gehört und davon, dass Weinzirl vor Ort gewesen war.

„De Biker san halt a Problem", sagte sie.

„Na ja, Selbstjustiz ist aber keine Lösung." Das musste Weinzirl ja Kraft seines Jobs so sagen.

„Mia ham Schofala am Berg. Was glaubst, wie oft de Radler mitten über de Wiesn pretschn? Nia macht epper dia Gatter wieder zua."

Das stimmte leider, allüberall in den Alpen nahm der grenzenlose urbane Ausflugsmensch Besitz von dem, was er eben nicht besaß. Ohne jeden Respekt vor Grenzen oder der Arbeit anderer.

Aber Weinzirl wollte seine Massage genießen, die Frau war gut, sie hatte güldene Fingerchen, die, beflügelt durch das Arnikaöl, in Weinzirls Muskeln spielten. Die vierzig Minuten vergingen wie nichts, am Schreibtisch waren vierzig Minuten deutlich länger. Weinzirl zog die Nase hoch, von überallher kamen Gerüche, die sich mit der Chill-out-Musik verbanden.

Als Gerhard zum Abendessen auflief, war er locker und für Jos Pferdegeschichten gewappnet, die aber gedanklich längst wieder ganz woanders war. Sie bereitete eine Pressemappe vor, die eine ganz spezielle Achensee-Historie zum Thema haben sollte.

„Weinzirl, es geht mir um das Blut des Riesen!"

„Häh?"

„Das Karwendel war die Heimat des guten Riesen Thyrsus, der mit Mensch und Tier in bester Eintracht lebte. Eines Tages tauchte Haymon auf, ein anderer Riese, der ihm sein Gebiet streitig machen wollte. Es kam zum Kampf, Thyrsus flüchtete schwer verletzt, und sein Blut tränkte das Karwendel. Und das ist das Steinöl von heute."

„Aha, was für ein Öl?"

„Steinöl, das kennst du doch!"

„Nö."

„Jeder Haushalt hat doch Hausschmiere", sagte Jo.

Gerhard überlegte. „Du meinst, dieses stinkige Zeig, das du immer auf deine Pferde geschmiert hast, wenn die einen lächerlichen Kratzer hatten?"

„Ja, das stinkige Zeug, das dein Vater zu einem ultimativen Rezept gegen Marderverbiss verarbeitet hat. Man nehme das leere Plastikkörbchen eines WC-Duftsteins, fülle es mit Hundehaaren und Steinöl, hänge es in den Motorraum – und jeder Marder wendet sich mit Grausen ab, hat er immer gesagt."

Das stimmte. Dass Jo sich daran noch erinnerte! Sein Vater, viel zu früh verstorben. Ein Schatten zog über Weinzirls Gesicht.

„Tut mir leid", sagte Jo.

„Nein, es ist nur ... Was ist nun mit deiner Pressemappe? Lass mich mal lesen", wiegelte Weinzirl ab, der es generell nicht so mit dem Nach-außen-Tragen von Emotionen hatte. Er nahm die Mappe, überblätterte die Daten und Fakten zum See und blieb an einer Seite hängen. Jo hatte sie in einer altertümlichen Schrift ausgedruckt.

Wir schreiben das Jahr 1908. Es regnet, nein, pladdert, gießt, schauert, donnert. Hagelkörner kommen fast waagrecht über den Gröbner Hals, einen Grat hoch oben über dem Achensee. Ein Mann hält schützend die Hände vors Gesicht, blinzelt und kann eine Alm ausmachen. Er flüchtet aus dem Inferno. Keiner da, aber ein Feuer brennt. Während er fröstelnd am

Feuer kauert, wirft er gedankenverloren Steine hinein. Und die Steine brennen! In dem Moment ist er hellwach. In dem Moment kommen aber auch die Hirten zurück, die Brennholz gesammelt haben und ebenfalls vom Gewitter überrascht wurden.

„Wozu Brennholz?", fragt der Fremde lächelnd. „Ihr habt doch Steine, die glühen." Die Hirten sehen's mit Entsetzen, der muss mit dem Teufel im Bunde sein – und fliehen hinaus in die tosende Natur. Der Mann lächelt weiterhin, dankt dem lieben Gott und nicht dem Teufel, denn Gott hat ihn hierhergeführt ...

Der Mann heißt Martin Albrecht. Er hat in Zirl Pechöl hergestellt und später in Seefeld bei der Steinölproduktion gearbeitet. Er kennt das Gestein und hat schon 1902 begonnen, eine Steinöl-Mine am Achensee zu betreiben, obwohl er wusste, dass sie wenig ergiebig sein würde. Und tatsächlich: Dieser sog. Marienstollen wird 1917 sowieso durch eine Lawine in den See gerissen.

1908, als Martin Albrecht also fündig wird, ist das Karwendel eine wilde, isolierte Gegend und seine neue Mine im Bächental nur mühevoll durch das Unterautal und über den 1654 Meter hohen Gröbner Hals erreichbar. Es ist Knochenarbeit, die Steine zu behauen, immerhin aber eine Lagerstätte, die Tagebau ermöglicht. Viele Rückschläge bestimmen die Geschichte der Mine, aber dann kommt es zur eigentlichen Katastrophe: Martin Albrecht verätzt sich die Augen. Eine Eismaschine ist in seinem kleinen Gasthof explodiert. Ein blinder Mineur? Das kann nie funktionieren! Und der Nachwuchs? Vier Buben im Alter von neun bis vierundzwanzig Jahren! Diese Kinder führen mithilfe einer Tante die Mine weiter, quälen sich mit Kraxn, die fünfundzwanzig Kilo Öl fassen, den steilen Pfad auf den Gröbner Hals hinauf, füllen dort oben das Öl in einen größeren Behälter und bringen es winters mit Schlitten zu Tale. Es dauert lange Jahre, bis sich die bettelarme Familie ein Muli leisten kann.

„Das Jubiläum war aber dann letztes Jahr", sagte Weinzirl. „1908 bis 2018."

„Na toll, Weinzirl!"

„Entschuldige! Das ist eine feine Geschichte, ich mag solche Geschichten, die von Durchhaltevermögen und Charakter zeugen. Ist das echt so gewesen?"

„Klar, und drum machen wir mit den Journalisten auch eine Wanderung zum Gröbner Hals und eine anschließende Führung in der Steinölmine, die auf 1430 Metern liegt. Das ist voll interessant, solltest du auch mal machen! Demonstriert wird das Prinzip der Trockendestillation, das man auch beim Schnapsbrennen anwendet – beide Rohprodukte sind starker Tobak. Das Steinöl wird anschließend gefiltert und schließlich im familieneigenen Betrieb in Jenbach veredelt. Sieben bis zehn Tonnen werden in vierundzwanzig Stunden verschwelt, die Öfen alle eineinhalb Stunden beschickt. Tag und Nacht versteht sich, die Öfen dürfen nicht ausgehen."

„Hmm, bestimmt sehr eindrücklich", sagte Weinzirl. „Na, hoffentlich sind die Teilnehmer gut zu Fuß", ergänzte er, da er von Jo schon öfter Geschichten über die ziemlich merkwürdigen Vorstellungen der Journaille von Schuhwerk und Kondition gehört hatte.

„Die kriegen ja dann zumindest für hinterher ein paar Proben und auch eine Tinktur gegen Muskelkater." Jo reichte ihm ein paar Sachets. Die Hausschmiere stieg ihm in die Nase, und in seinem Hirn stieg noch mehr auf. Bilder. Und Gerüche.

Er sprang auf. „Jo, ich muss noch mal weg!", rief er und stob davon. Rüber ins Central, wo der Doc vor einem bauchigen Glas, gefüllt mit Blaufränkischem, saß. Leise redete Gerhard auf ihn ein. Der Doc lauschte, schüttelte immer wieder den Kopf.

„Aber das wäre ... sag bloß! Und was machen wir jetzt?", fragte er schließlich verblüfft.

„Komm mit!"

Sie eilten zurück in den Wiesenhof, wo Hotelier Hansi ziemlich überrascht war, dass der Bekannte seiner Pressefrau unbedingt Name und Adresse einer seiner medizinischen Masseurinnen haben wollte. Er rückte sie aber schließlich raus, und Weinzirl und der Doc fuhren nach Achenkirch zu einer Adresse unweit der Talstation der Christlum-Lifte. Es war ein kleiner Bauernhof. Eine Dame um die sechzig öffnete, sie blickte verdutzt auf die beiden Männer.

„Ist Ihre Tochter hier?", fragte Weinzirl.

„De Waltraut?"

„Ja."

„Wer will was, Mama?", kam es aus der Tiefe des Hauses. Dann tauchte Waltraut auf.

„Was, was?" Sie sah Weinzirl an, da war Erkennen in ihrem Blick.

„Dürfen wir reinkommen?"

„Naa!"

„Schauen S', Waltraut. Ich kann jetzt die Kollegen anrufen, das werde ich nachher eh tun müssen, aber manchmal tut es gut, wenn man redet", sagte Weinzirl.

„Was woits denn?", fragte die Mama.

„Lass sie eina", meinte Waltraut und klang müde. Sie gingen in eine Stube mit einer Eckbank und einem schweren, alten Tisch. Darauf standen eine Schale mit Äpfeln, zwei Wassergläser und ein Tiegel mit Hauschmiere. Und da war er wieder, der Geruch. An den Armen dieser Waltraut waren Pusteln zu sehen, die leicht glänzten. Sie hatte sie eindeutig mit dem tirolerischen Allheilmittel eingeschmiert.

Sie sah an ihren Armen hinunter. „Des isch ned ansteckend. A spezielle Form der Neurodermitis, i trag immer langärmlige Sachen beim Buggeln. Des schaugt beas aus, aber woas hilft, is de Hausschmiere." Sie sah Weinzirl an. „I hob ghofft, dass du mi in der Massagekabine ned erkennst", sagte sie leise.

„Hab ich auch nicht, Sie waren ja erst im Raum, als ich mit dem Kopf schon in der Liege steckte. Und Sie waren schon wieder draußen, als ich mich angezogen habe", sagte Weinzirl. „Aber ich habe ein feines Näschen. Es roch nach Steinöl, nicht nur nach Arnika. Und auch bei dem verunfallten Mann lag der Geruch von Steinöl in der Luft."

Der Doc war dem Gespräch gefolgt. „Sie waren am Berg. Genau! Sie waren auch da. Sie haben gesagt: ‚Was rasen die auch so.' Das waren Sie! Oder?"

Sie nickte. „Ma, i hob des Seil grad erscht gspannt. Ned denkt, dass so früh scho oaner oi kimmt."

„Und dann haben Sie sich unter die anderen gemischt? Mädchen!" Der Doc wirkte wirklich erschüttert.

Gerhard sah sie an. „Waltraut, was treibt Sie zu solchen Taten? Sie mögen keine E-Bikes, oder was?"

„Ich mog koan", antwortete sie trotzig. „De hamm mei Hoamat verkaaft. Überoi Gäscht. Und mit de E-Bikes kommen de schiachn Krapfn aa überoll hin."

„Na ja …", sagte Weinzirl lahm. Sie hatte ja recht.

„Mir san wegen de Lappn zwoa Lamperl abgstürzt. Den Willi hob i mit der Flaschn aufzogn. Der wär mir fascht verreckt. Dann war er übern Berg, und am End stirbt er zwecks de Radlerrowdys mit de fettn Wampn!"

„Aber diese Schnüre zu spannen! Mädchen! Sie mussten doch einkalkulieren, dass es zu schweren Unfällen kommt", rief der Doc.

„Naa, des soit doch lei a Warnung sein. I hob de gnomma, de wo leicht reißn!"

Es war still. Der wenig dezente Geruch von Hausschmiere umwehte sie.

„Ma Madl, dei viechnarrisches Herz bringt di no um", sagte ihre Mutter.

„Eher andere", sagte der Doc trocken und schlug sich auf den Mund.

Lena Avanzini

notburgastoechter.com

Eins. Vorstellung

Guten Morgen!

Ich darf alle, die sich zur Krimiwanderung angemeldet haben, sehr herzlich begrüßen und mich vorstellen: Mein Name ist nicht Lena Avanzini. Dieses Pseudonym ist nur zur Tarnung da. Gibt es eine bessere Tarnung als eine harmlose Krimiwanderung mit einer mittelalten, mitteldicken Krimiautorin, noch dazu auf einem Besinnungsweg?

In Wahrheit heiße ich Marie Tappeiner und bin die Geschäftsführerin und Mitinhaberin der Eventagentur notburgastoechter.com. Wir organisieren Männerwochenenden, Junggesellenabschiede, Geburtstagsausflüge, Feiern und Jubiläen aller Art. Keine Rundfahrten mit Bierbike oder Strip-Limousine, keine blamablen Kostüme oder Bauchläden. Nein! Fremdschämen dürfen Sie sich woanders. Unsere Veranstaltungen tragen das Dreimal-A-plus-E-Siegel. A steht für Abenteuer, Achensee, Adrenalinrausch. E für unser berühmt-berüchtigtes Extra. Aber das wissen Sie natürlich, sonst hätten Sie sich ja nicht angemeldet, nicht wahr?

Auf unserer gemeinsamen Wanderung über den Dien-Mut-Weg zur Rodlhütte können Sie den würzigen Duft des Waldes einatmen, den Kuhglocken, Vogelstimmen und Juchzern begeisterter Wanderer lauschen und die landschaftlichen Vorzüge der Achenseeregion bewundern, auf die sich der Wirkungskreis von notburgastoechter.com beschränkt. Anstatt Ihnen einen schwindligen Kurzkrimi vorzulesen, gebe ich Ihnen einen Einblick in unsere Arbeitsweise.

Kleines Detail am Rande: Der Dien-Mut-Weg ist der heiligen Notburga gewidmet, der Namenspatronin unserer Agentur – einer Frau, die sich nicht unterkriegen ließ; die es verstand, mit einer Sichel umzugehen, einem aus der Mode gekommenen, aber außerordentlich praktischen Werkzeug. Meinem Lieblingswerkzeug, um ehrlich zu sein, weshalb ich es als Firmenlogo auserkoren habe.

An verschiedenen Stationen des Besinnungswegs werde ich Ihnen erzählen, was mich veranlasst hat, eine Eventagentur zu gründen, und welche Leistungen Sie von uns erwarten können. Aber Zeit ist Geld, und ich schlage vor, wir gehen ein Stück.

Zwei. Der Startschuss

Alles begann an einem frostigen Februarabend. Ich wollte meinem Mann Guido gerade einen Drink ins Wohnzimmer bringen – in einer Hand hielt ich das Whiskyglas, in der anderen die Türklinke –, als ich ihn telefonieren hörte: „Sie weiß es nicht", sagte er. „Und das soll auch so bleiben." Sie müssen wissen, dass ich nie die Telefongespräche meiner Mitmenschen belausche, aber in diesem Moment war sie geweckt, die Neugier, dieses widerwärtige Luder. Guido wollte mir etwas verheimlichen, und ich musste herausfinden, was. Ich verharrte also mucksmäuschenstill mit gespitzten Ohren.

Zehn Minuten später beendete Guido das Gespräch, und ich blickte auf den Scherbenhaufen, in den sich meine schöne kleine Welt verwandelt hatte. Es kostete mich Mühe, ihm den Whisky mit einem Lächeln zu servieren und mir nichts anmerken zu lassen. Das Weinen verschob ich auf später, als ich allein im Bett lag, während Guido angeblich noch arbeitete, sich in Wahrheit aber mit der neuen Tänzerin vergnügte, die er für die

Après-Ski-Bar engagiert hatte. Eine Russin, blutjung, blondiert und biegsam.

Was es mit dem Telefonat auf sich hatte, wollen Sie wissen? Guido hatte Vincent angerufen, seinen Rechtsanwalt und besten Freund. Er wollte sich von mir scheiden lassen und hatte sich vergewissert, dass ich – dank des gefinkelten Ehevertrags, den Vinc vor dreiunddreißig Jahren aufgesetzt hatte – bis auf eine mickrige Abfindung leer ausgehen würde. Vinc sollte die Scheidungspapiere vorbereiten, ich durfte aber nichts davon erfahren. Noch nicht. Guido brauchte mich nämlich für die Organisation der großen Feier, die zu seinem Sechziger geplant war. Als einer der führenden Hoteliers des Landes, Obmann des Fremdenverkehrsverbandes mit dem imposantesten Budget und Träger des großen Tiroler Adlerordens konnte er seinen runden Geburtstag natürlich nicht im kleinen Kreis feiern. Er hatte über hundert Leute eingeladen, darunter die Tiroler Crème de la Crème aus Politik, Wirtschaft, Tourismus, Sport, sogar aus der Kultur. Und er befürchtete, dass ich das Fest vermasseln würde, wenn ich vorzeitig von seinen Absichten erfuhr.

Natürlich war ich schockiert. Nein, nicht wegen der Scheidung. Ich bitte Sie! Nach dreiunddreißig Ehejahren hatten wir uns nicht mehr viel zu sagen. Unsere Interessen klafften auseinander wie zwei Schenkel im Spagat. Seinen ehelichen Verpflichtungen kam Guido längst nicht mehr nach, er bevorzugte halb so alte, halb so schwere Gespielinnen. Nein, es war die Aussicht auf einen Lebensabend im Sparmodus, die mir zu schaffen machte. Dass ich mir mit Mitte fünfzig eine Wohnung und Arbeit suchen musste. Und natürlich die Ungerechtigkeit. Immerhin hatte ich Guido nicht nur zwei Söhne geboren und sie großgezogen, ich hatte Tag und

Nacht im Familienbetrieb mitgearbeitet, je nach Bedarf als Zimmermädchen, Kellnerin, Rezeptionistin. Hatte meinem Mann bienenfleißig geholfen, aus seiner konkursreifen Familienpension ein modernes Fünfsternehotel zu machen und mit den Jahren fünf weitere Hotels dazu zu erwerben. Das alles zählte offenbar nichts. Ich war zutiefst gekränkt.

Zwei Tage trauerte ich, zwei Tage war ich wütend. Dann sah ich ein, dass das nichts brachte. Ich rappelte mich auf und blickte nach vorn. Ein Job musste her. Aber auf eine Anstellung brauchte ich in meinem Alter nicht zu hoffen. Ich musste mich selbstständig machen. Was war mein größtes Talent? Das Organisieren. Schon immer habe ich es geliebt. Je größer die Veranstaltung, umso besser. Je schwieriger die Vorgaben, umso lieber.

„Das ist es", sagte ich mir. „Du gründest eine Eventagentur." Das Fest zu Guidos Sechziger würde mir die Gelegenheit geben, mich zu beweisen. Von wegen vermasseln! Ich beschloss, mich selbst zu übertreffen und eine Feier auf die Beine zu stellen, die allen Gästen noch lange in Erinnerung bleiben würde. Die Kosten spielten keine Rolle, Guido konnte sie von der Steuer absetzen.

Nur eines fehlte noch: eine Eingebung, was ich meinem Noch-Ehemann zum Geburtstag schenken sollte. Was schenkt man jemandem, der alles hat? Stundenlang zerbrach ich mir den Kopf.

In der Badewanne – bei achtunddreißig Grad und Rosmarinaroma – blubberte sie plötzlich hervor, die Idee. Guido war im Grunde ein sechzig Jahre altes Kind. Leicht zu durchschauen und verspielt. Neben blutjungen Blondinen und guten Tropfen liebte er sportliche Herausforderungen. Und er liebte es, sich mit anderen zu messen (sofern ihm die anderen unterlegen waren).

„Wie wäre es, wenn wir ihm ein Outdoor-Event schenken?", fragte ich Gerda, meine Gummiente.

„Prima Idee", quakte Gerda. „Einen Ausflug an den Achensee, deine alte Heimat. Dort ist es schön, und du kennst jeden Stein – ein großer Vorteil, was das Organisatorische betrifft." Gerda ist eine weise Ente. Sie und der Duft von Rosmarin haben mich schon immer auf die besten Ideen gebracht.

„Einen Geburtstagsausflug an den Achensee, also gut. Aber Guido soll seinen Ehrentag nicht allein verbringen, sondern mit seinen besten Freunden Vinc und Peppi", spann ich den Gedanken fort. „Mit Schlemmen und Wellness auf der einen Seite, mit sportlichem Touch und Wettbewerbsgeist auf der anderen."

Gerda nickte. „A wie Abenteuer, Achensee, Adrenalinrausch", quakte sie.

„E wie das gewisse Extra", ergänzte ich. Dreimal A plus E, das Motto meiner zukünftigen Agentur war gefunden. Kaum war ich der Wanne entstiegen, ging ich ans Werk. Und eines müssen Sie mir glauben: Die Tage und Stunden, die ich mit der Vorbereitung für Guidos Ausflug verbrachte, erfüllten mich mit tiefster Freude. Ich blühte auf! Gekränkt war ich längst nicht mehr. Im Gegenteil, ich war Guido dankbar. Der kleine Tritt in den Allerwertesten, den er mir unwissentlich verpasst hatte, hatte mich der Erfüllung meiner Träume nähergebracht. Und weil Geben seliger ist als Nehmen, legte ich mich richtig ins Zeug.

Drei. Champagnerfrühstück und erste Challenge

Drei Punkte sind das Um und Auf einer erfolgreichen Organisation: erstens gründliche Recherche bei der

Vorarbeit, zweitens die Fähigkeit, zu delegieren, drittens die Kontrolle. Das Recherchieren war schnell erledigt, denn ich kannte Guido besser als er sich selbst. Zum Delegieren brauchte ich Verbündete. Da Vinc und Peppi das Geburtstagskind begleiten sollten, lag es auf der Hand, deren Frauen mit ins Boot zu holen. Peppis Lebensgefährtin Gina – eine entfernte Cousine von mir – war sofort Feuer und Flamme. Susi, die Ehefrau von Vinc, war skeptisch. Als sie hörte, dass ihr Mann den fiesen Ehevertrag ausgearbeitet hatte, der mich in die Armut treiben würde, schwenkte sie aber um. Vielleicht weil sie sich für Vinc schämte. Oder weil sie befürchtete, dass es ihr selbst einmal nicht besser gehen würde. Jedenfalls sagte auch Susi zu, sie stellte allerdings eine Bedingung, die die ganze Sache verkomplizierte. Als Gina davon erfuhr, schloss sie sich an. „Wenn Susi das kriegt, will ich das auch."

Ich stöhnte. Aber die beiden versprachen, sich finanziell zu beteiligen und fleißig mitzuarbeiten. Also gut, dachte ich. Warum nicht? Wir wurden handelseins. Wegen des zusätzlichen Arbeitsaufwandes heuerte ich zwei junge Burschen aus Pertisau an: Bruno, einen langen Lulatsch mit Pickeln, und Max, einen sehnigen Bergbauern mit Augen wie Gletscherseen. In den folgenden Wochen hatten wir viel Spaß und wuchsen zu einem perfekten Team zusammen.

Guidos Geburtstag fiel auf den ersten Freitag im Mai. Da er am Vorabend länger „gearbeitet" hatte, vermutlich mit der russischen Tänzerin, wollte er lange schlafen. Doch Peppi und Vinc weckten ihn kurz nach sechs Uhr morgens, und zwar höchst unsanft. Sie trugen Sturmhauben, und Peppi fuchtelte mit einer täuschend echt aussehenden Spielzeugpistole herum. Ich war nicht dabei, aber wir hatten den Auftritt geprobt. Deshalb weiß ich, dass sich die beiden mit unglaublicher Begeisterung an die vorgetäuschte Entführung machten. Sie zwangen Guido, sich anzuziehen und in Peppis SUV zu steigen. Wie ich Guido kenne, war er so schockiert, dass er weder die Stimmen seiner Freunde noch das Auto erkannte. Erst kurz vor Pertisau sollten die beiden ihre Hauben abnehmen und Guido einweihen, ich bin mir aber sicher, dass sie ihn nicht so lang im Ungewissen ließen. Egal, Guidos Adrenalinspiegel hatte einen ersten Gipfel erreicht, und das war der Sinn der Übung.

Gegen halb neun traf das Trio im Hotel Entners am See ein, wo ein köstliches Champagnerfrühstück wartete. Ich war natürlich längst da. Während Gina die Stellung in der Heimat hielt und darauf achtete, dass die allerletzten Vorbereitungen für das große Fest am Abend wie geplant vonstattengingen, war ich mit Susi nach Pertisau gefahren. Wegen Punkt drei des organisatorischen Erfolgs: der Kontrolle. Damit wir nicht erkannt wurden, trugen wir graue Perücken und große Sonnenbrillen und hatten uns einen Leihwagen genommen. Susi wartete im Auto, ich saß im Entners, in einer Ecke der Strandbar, aus der ich alles beobachten konnte. Über Kopfhörer belauschte ich das Gespräch der drei Helden – die Wanze war im Tischschmuck, einem Narzissenstrauß, versteckt.

Mit Genugtuung vernahm ich, wie der Champagner gelobt wurde. Es war ein Dom Pérignon Jahrgang 1960 – wie Guido –, die Flasche über siebenhundert Euro. Peppi übernahm das Nachschenken, am öftesten übernahm er es bei seinem eigenen Glas.

„Respekt", sagte Vinc. „Da hat die Marie sich nicht lumpen lassen. Sag, hat sie wirklich keine Ahnung?"

„Dass du schon die Scheidungspapiere vorbereitet hast?", fragte Guido. „Himmel, nein. Sonst wäre es höchstens eine Flasche Fusel geworden, und die hätte sie mir an den Kopf geworfen. Schampus wird sie sich bald nicht mehr leisten können, schon gar nicht so einen."

„Du willst dich scheiden lassen?", fragte Peppi. Er klang erstaunt. „Warum eigentlich? Marie ist doch tüchtig, und für alles andere hast du eh schon immer deine Betthaserl gehabt."

„Tüchtig war sie mal", sagte Guido verächtlich. „Inzwischen widmet sie sich mehr der Wellness und ihrem Hobby, der Schauspielerei. Verbringt die meiste Zeit in diesem saublöden Amateurtheaterverein, wird immer fetter und widerspricht mir ständig."

Ich nahm es Guido nicht übel. So ist das eben, wenn man andere belauscht. Man muss damit rechnen, dass sie über einen herziehen.

Während Peppi fast ganz allein die zweite Flasche Dom Pérignon leerte, rätselten die beiden anderen, was noch auf sie zukommen würde. Guido fragte sich, ob das Ganze so eine Art Kaffeefahrt sei, nur mit dem Schiff statt mit dem Bus.

Vinc lachte ihn aus. „Nein, ich glaube, es wird sportlich anspruchsvoller. Und bestimmt ganz lustig." Mehr wusste er auch nicht.

„Lassen wir uns überraschen", sagte Peppi. Er hatte schon einen leichten Zungenschlag.

Um zu verhindern, dass noch eine dritte Flasche Champagner dran glauben musste, gab ich Pickel-Bruno ein Zeichen. Der lange Lulatsch, den ich als Kellner ins Entners eingeschleust hatte, machte sich hervorragend. Er überreichte dem Trio ein Kuvert mit den Anweisungen für die erste sportliche Herausforderung.

Ich hatte ein Wettschwimmen geplant, natürlich nicht im beheizten Infinitypool des Hotels, sondern im arschkalten Achensee. Guido war ein ausgezeichneter

Schwimmer und kein Weichei, ihm würde die Kälte nichts ausmachen. Bei Vinc war ich mir nicht so sicher. Susi hatte ihn als Warmduscher bezeichnet. Er war zwar der jüngste, aber auch der unsportlichste der drei Freunde. Peppi war in seiner Jugend ein Sportass gewesen, Olympiazweiter im Slalom. Aber seit über zwanzig Jahren sammelte er keine Weltcuppunkte mehr, sondern höchstens Promille. Auch jetzt war er schon ziemlich betrunken. Für Peppi würde es am schwierigsten werden.

Die Aufgabe ging so: Die drei mussten zu einem Floß in rund fünfzig Meter Entfernung schwimmen. Dort lag für jeden ein Kuvert bereit, das einen runden Gegenstand enthielt. Den sollten sie in ihrer Gürteltasche verstauen und damit so schnell wie möglich zurückschwimmen. Natürlich wurden sie mit schicken Badehosen, modernen Schwimmbrillen und wasserdichten Gürteltaschen ausgestattet. Bruno gab mit einer winzigen Pistole den Startschuss, und schon ging es los. Guido gelang ein formvollendeter Köpfler, bei Peppi war es eher ein Bauchfleck. Vinc sprang mit den Beinen voraus ins Wasser und hielt sich dabei die Nase zu. Schon nach wenigen Metern war klar, dass der Wettkampf ganz nach meiner Prognose verlaufen würde. Guido hatte von Anfang an die Nase vorn, mit jedem Zug baute er seinen Vorsprung aus. Vinc konnte nur Brustschwimmen und traute sich nicht, das Gesicht ins Wasser zu tauchen. Er kämpfte, aber mit diesem Schwimmstil hatte er keine Chance gegen Guido. Peppi kraulte zwar, aber mit seltsam schlingernden Armbewegungen. Nach einem passablen Beginn fiel er schnell zurück.

Leider konnte ich nicht länger zusehen. Ich verließ das Hotel und fuhr mit Susi zur Rodlhütte, dem Ziel der nächsten Challenge. Unterwegs ließ ich sie an einer Stelle aussteigen, die wir Wochen vorher ausgesucht hatten. Wir sprachen uns gegenseitig Mut zu. Ich erinnerte sie an den Geheimcode, den wir vereinbart hatten, sie versprach, sofort Bescheid zu geben, wenn sich etwas tat. Dann versteckte sie sich hinter einem Baum. Ich fuhr weiter.

In der Rodlhütte wartete Gletschersee-Max schon ungeduldig auf seinen Einsatz. Er zeigte mir eine SMS von Pickel-Bruno, die er kurz zuvor bekommen hatte: „Heute Grillabend ohne Hund gegen neun", las ich.

Unserem Code zufolge bedeutete das, dass der Schwimmbewerb zu Ende gegangen war. Guido hatte mit neun Minuten Vorsprung vor Vinc gewonnen. Und wie heißt es so schön? Den Letzten beißen die Hunde. In unserem Fall war das Peppi. Er hatte verloren. Im Rennen um den Sieg spielte er keine Rolle mehr. Und genauso hatten Gina, Susi und ich das auch geplant.

Vier. Die zweite Challenge

Ich hatte Pickel-Bruno eingeschärft, dass er Guido und Vinc zur Eile antreiben musste. Sobald der erste an Land kam, sollte er sich umziehen und sofort mit der nächsten Challenge fortfahren. Ohne Pause. Beim zweiten Bewerb handelte es sich um eine Segway-Wettfahrt auf die Rodlhütte. Der runde Gegenstand, der sich im Kuvert auf dem Floß befunden hatte, war der Infokey-Controller, eine Art elektronischer Schlüssel, mit dem der Segway gestartet wurde. Mit der Bedienung der zweirädrigen Stehscooter würden Vinc und Guido keine Probleme haben. Vinc war im letzten Spanienurlaub auf den Geschmack des Segwayfahrens gekommen.

Guido hatte Segways schon vor einigen Jahren getestet, weil er Leihgeräte für unsere Hotelgäste anschaffen wollte. Der Niedergang der Firma Segway hatte sich damals bereits abgezeichnet, und Guido hatte das Projekt ad acta gelegt. Wie auch immer. Beide konnten mit den Fahrzeugen umgehen, nach meiner Einschätzung ungefähr gleich gut. Pickel-Bruno machte sie lediglich auf die Wegmarkierungen aufmerksam, gelbe Kreppbänder (natürlich aus Papier, nicht aus Plastik. Notburgas Töchter sind auf Umweltschutz und Nachhaltigkeit bedacht). Ich hoffte, dass Guido seinen Vorsprung halten konnte, war mir aber nicht sicher. Das war übrigens eine der Schwachstellen meiner Planung und der Grund für meine steigende Nervosität. Zum Glück kam bald die erlösende SMS von Susi.

„Reichen zwölf Flaschen Schampus für heute Abend?"

Das bedeutete, Guido hatte zwölf Minuten zuvor Susis Position passiert und würde die Rodlhütte in wenigen Minuten erreichen. Und es hieß, Susi hatte ihre Sonderaufgabe zufriedenstellend erledigt– sonst hätte sie Wein statt Schampus geschrieben.

Ich war erleichtert. Und ich musste mich beeilen und mich zum Zielort der dritten Challenge aufmachen, zur Christussskulptur auf dem Besinnungsweg. Ich ging zu Fuß, hatte nur meine Umhängetasche bei mir, in der ein kleines, aber wichtiges Utensil steckte.

Wie auf Bruno konnte ich mich auch auf Max verlassen. Er würde Guido gebührend in Empfang nehmen und ihm erklären, worum es im letzten Bewerb ging. Falls Guido schwächelte, sollte Max ihm einen Stärkungstrunk anbieten. Und ihn mit dem tollen Preis motivieren, der auf den Gewinner warten würde. Natürlich ohne zu verraten, worum es sich bei dem Preis handelte.

Fünf. Das Finale

Ich war mir sicher, dass Guido sich über die letzte Challenge am meisten freuen würde. Er musste sich nämlich als Bogenschütze beweisen, und das war eine Sportart, die er jahrelang mit großer Freude und Ausdauer betrieben hatte. Ein nagelneuer Recurvebogen und ein Köcher mit drei Pfeilen lagen für ihn bereit. Die Sache war einfach: Er sollte den gelben Markierungen folgen und nach einem roten Luftballon Ausschau halten. Wer ihn mit dem Pfeil zum Platzen brachte, hatte gewonnen.

Den Ballon hatten wir der Christusskulptur um den Hals gebunden, als wäre dem Heiland ein zweiter Kopf gewachsen.

Blasphemie, meinen Sie? Ich bitte Sie! Notburga hätte dafür Verständnis gehabt. Es geht nicht darum, zimperlich zu sein, wenn man ein hehres Ziel vor Augen hat. Und das war nun einmal der beste Platz für diese Aufgabe.

Ich hatte mich in der Nähe des Kreuzes hinter einem Baum versteckt und musste nicht lange auf Guido warten. Als er den Ballon erblickte, sah er sich um, als wollte er sich vergewissern, dass keiner seiner Freunde ihm auf den Fersen war. Dann zog er einen Pfeil aus dem Köcher, legte an und schoss. Der Pfeil bohrte sich in die Seite des Heilands, ungefähr dahin, wo die Lanze des Soldaten die berühmte Wunde hinterlassen hatte. Guido fluchte. Für den zweiten Schuss ging er näher heran und ließ sich mehr Zeit. Er spannte den Bogen, atmete, ließ los und – traf.

Es knallte. Ein roter Fetzen blieb an Christi Wange hängen. Auf Guidos Gesicht breitete sich ein triumphierendes Lächeln aus.

Ich atmete tief durch: Zeit für meinen Auftritt.

Applaudierend kam ich hinter dem Baumstamm hervor und ging auf ihn zu. „Bravo! Du hast gewonnen, Schatz. Herzlichen Glückwunsch!"

Er fuhr herum und ließ seinen Bogen sinken. Zum Glück, das war ein nicht kalkulierbares Risiko gewesen. „Du? Hier? Musst du nicht für heute Abend ..."

„Mach dir keine Sorgen, es ist alles geregelt. Für heute muss ich nur noch eins erledigen: dir deinen Preis überreichen." Ich küsste ihn auf die Wange. Gleichzeitig zog ich das kleine, wichtige Utensil aus meiner Umhängetasche: eine Sichel. Und ohne lange zu fackeln, rammte ich sie in sein Herz. Ich hatte das zigmal an einem XXL-Plüschaffen geübt, aber am lebenden Subjekt war es eine Premiere, und natürlich war ich aufgeregt. Die scharfe Spitze bohrte sich erstaunlich leicht ins Fleisch. Sofort zog ich die Sichel wieder heraus.

Guido riss vor Überraschung die Augen auf. Er taumelte zurück, wollte fliehen. Aber nach zwei Schritten knickte er ein und ging zu Boden. Ein roter Fleck breitete sich auf seinem Hemd aus. Er öffnete den Mund und schloss ihn wieder, mehrmals, wie ein Fisch auf dem Trockenen.

Ich kniete mich hin und entschuldigte mich bei ihm. „Weißt du, ich wollte dein Telefonat mit Vinc nicht belauschen. Es ist einfach passiert. Da hab ich mir gedacht: Scheidung? Gut, aber lieber auf meine Art."

Guido versuchte, etwas zu sagen. Rötlicher Schaum trat aus seinem Mund.

„Dass deine Freunde auch draufgehen, war nicht meine ursprüngliche Absicht. Es war Ginas und Susis Bedingung. Sonst hätten sie mich nicht unterstützt. Peppi ist leider ertrunken, er wäre aber bestimmt bald an Leberzirrhose gestorben, es ist also irgendwie eine Erlösung. Bis er aus dem Achensee geborgen und obduziert werden kann, werden sich die K.-o.-Tropfen nicht mehr feststellen lassen. Es war auch nur eine geringe Dosis. Und Vinc? Sein Segway war gehackt. Der hat sich an einer exakt berechneten Stelle mitten unter der Fahrt abgeschaltet. So ist Vinc leider gestürzt. Und so unglücklich, genau mit dem Kopf auf einen Stein. Gut, tot war er nicht, da hat Susi ein bisschen nachhelfen müssen. Aber das war es ihr wert. Sie hat nämlich entdeckt, dass der Ehevertrag, den sie dazumal genauso unbedarft unterschrieben hat wie ich, dieselben gefinkelten Formulierungen enthält wie unserer."

Guido hustete. „Dafür geht ihr in den ...", röchelte er.

„Knast?", fragte ich. „Aber nein. Die Sichel mit deinem Blut stecken wir Vinc in die Jackentasche. Es wird so aussehen, als hätte er dich umgebracht, weil er herausgefunden hat, dass du eine Affäre mit seiner Tochter hattest. Wie alt war sie damals? Fünfzehn? Du musst zugeben, das ist ein fantastisches Motiv! Nach deiner Ermordung ist Vinc Hals über Kopf talwärts gefahren und hatte leider einen tragischen Unfall. Wie findest du das?"

Guido antwortete nicht. Ich stellte fest, dass er tot war. Vermutlich hatte er unser brillantes Arrangement nicht mehr mitbekommen. Schade. Aber dass er meine umsichtige und aufwendige Planung – die Exklusivmiete der Rodlhütte, die dreistündige Sperre des Dien-Mut-Weges und der Forststraße und so weiter pipapo –, honorieren würde, hatte ich ohnehin nicht erwartet. Ich verließ den Tatort.

Bevor ich mit Susi ins Ötztal zurückfuhr, hatte ich noch Zeit für eine stärkende Jause in der Rodlhütte und einen tiefen Blick in zwei faszinierend blaue Gletscherseen.

Sechs. Ihr Auftrag

Guidos Geburtstagsfest am Abend wurde ein voller Erfolg. Die Drinks, das Essen, die Musik waren topp, alles klappte wie am Schnürchen, die Gäste waren begeistert. Ich auch, denn endlich konnte ich meine schauspielerischen Qualitäten beweisen. Zuerst gab ich die besorgte Gattin, die sich nicht erklären konnte, dass das Geburtstagskind nicht von seinem Ausflug zurückgekommen war. Ich telefonierte ständig, lief nervös herum, brachte keinen Bissen hinunter. Zwischen Hirschmedaillons und Zitronensorbet kamen zwei Polizisten und überbrachten mir die Hiobsbotschaft. Ich hatte eine rohe Zwiebel in meiner Tasche – ein bisschen Zwiebelsaft am Finger, und ich heule wie ein Schlosshund. Sogar eine vorgetäuschte Ohnmacht gelang mir. Ich fiel direkt in die Arme des größeren Polizisten, in dem ich einen ehemaligen Schulkameraden erkannte, der einmal für mich geschwärmt hatte.

So viel zur Firmengründung und dem allerersten Auftrag für notburgastoechter.com. Seit vier Monaten bin ich nun glückliche Witwe. Meine Söhne haben die Hotels übernommen und werden den Familienbetrieb fortführen. Mich haben sie ausbezahlt. So konnte ich an den wunderschönen Achensee zurückkehren und meiner Berufung folgen: dem Organisieren von Events aller Art, zusammen mit Gina und Susi, meinen beiden Teilhaberinnen.

Und nun zu Ihnen. Was können wir für Sie tun? Beziehungsweise für Ihren Ehemann, Lebensgefährten, Chef, Kollegen, Bruder, Nebenbuhler, Schwiegersohn, Vater? Möchten Sie einen Männerabend buchen oder vielleicht ein ganzes Wochenende? Eine Schnitzeljagd unter dem Motto dreimal A plus E? Ein Escape-Game, aus dem es kein Entrinnen gibt?

Wir von notburgastoechter.com haben das Know-how, Sie das nötige Kleingeld. Wir kennen die geeignete Location und stellen das Team, Sie entscheiden über die Details und die gewünschte Fallout-Rate. Dass das nichts mit radioaktivem Niederschlag zu tun hat, wissen Sie ja inzwischen.

Lassen Sie sich zuerst die Kaspressknödelsuppe oder den Kaiserschmarrn schmecken, danach nehme ich gern Ihre Aufträge entgegen.

Herbert Dutzler

Stocks Hunger

Kurzkrimi

Es war schon schade um den Pfurtscheller. Gewiss, man musste zugeben, dass er strunzdumm gewesen war. Und noch dazu voller Vorurteile. Aber er hatte ihn wenigstens in Ruhe ermitteln lassen. Der Pfurtscheller war ihm einfach nachgelaufen und hatte sich nicht eingemischt. Und sobald er irgendeinen sinnvollen Auftrag für ihn gehabt hatte, dem er gewachsen schien, hatte er ihn weggeschickt. Jetzt war er in Pension, der Pfurtscheller. Und man hatte ihm den Bewerbungsakt der neuen Kollegin auf den Tisch gelegt, mit der er in Zukunft zusammenarbeiten sollte. Missmutig nahm er den Schnellhefter zur Hand. Dobernig hieß sie, Hedwig Dobernig. Wer so hieß, konnte keine Tirolerin sein. Und Hedwig war schon ein komischer Name für eine junge Frau. Stock hatte eine Tante gehabt, die Hedwig geheißen hatte. Die war irgendwann in den Dreißigerjahren geboren.

Er sah sich das Foto auf dem Bewerbungsbogen an. Man konnte nur den Kopf und den Hals sehen, aber allein die wirkten schon drahtig und kampfbereit. Große, abenteuerlustige Augen. Blonder Pferdeschwanz. Stock seufzte, als das Telefon auf seinem Schreibtisch zu läuten begann. „Stock hier, Kripo Innsbruck. Was hat's?" Am Telefon war ein offensichtlich unerfahrener Polizeibeamter, der sinnlos herumstotterte. Stock verstand nur Achensee, Boot und Leiche. „Jetzt reißen Sie sich einmal zusammen, Herrschaftszeiten!", donnerte er. Gerade in diesem Moment betrat die Kollegin Dobernig sein Büro und blinzelte überrascht. „Langsam ein- und ausatmen!", kommandierte Stock, im Versuch, der jungen Kollegin seine Gelassenheit zu demonstrieren. „Und jetzt noch einmal ganz von vorne!" Es stellte sich heraus, dass am Ufer des Achensees ein Elektroboot mit einer Leiche an Bord angetrieben worden war. „Wo genau ist das?", fragte er. Er notierte sich die Antwort des Beamten auf dem Papiersackerl, in dem die beiden Nussschnecken gesteckt waren, die er gefrühstückt hatte. An den fettigen Stellen versagte der Kugelschreiber.

„So!", sagte er, nachdem er den Hörer aufgelegt hatte. Zackig streckte er der Kollegin die Hand hin. „Romed Stock, Chefinspektor! Wir sind ab heute zusammengespannt, sozusagen!" Er bemühte sich um ein freundliches Gesicht. Dobernig kam ihm einen Schritt entgegen. „Dobernig, Hedwig. Gern Hedi. Gruppeninspektorin." Es war eingetreten, was er befürchtet hatte. Kärntnerin. Er tat sich schwer mit diesem Idiom, es klang für ihn dissonant, nahezu unerträglich. Mochte damit zu tun haben, dass seine geschiedene Frau eine Kärntnerin war. „Wir brechen gleich auf! Zum Achensee müssen wir! Eine Tote! Fremdeinwirkung!"

Ächzend zwängte Stock seinen Bauch hinter das Steuer. Er passte gerade noch so hinein, streifte aber bei jeder Lenkbewegung das Lenkrad. Er musste dringend was gegen sein Übergewicht und für seine Kondition tun. Die Kollegin Dobernig schlüpfte katzengleich auf den Beifahrersitz. „Aus Kärnten, ha?", fragte Stock. Dobernig nickte. „Klagenfurt. Ich war überhaupt noch nie in Tirol!" „Das hört man!", nickte Stock. „Ich bin aus dem Zillertal. Finkenberg. Da heißen alle Stock. Kennen S' den Leonhard Stock? Den Olympiasieger? Das ist ein Cousin von mir. Zweiten Grades!" Frau Dobernig schüttelte den Kopf. „Ich hab's mit dem Wintersport nicht so. Ich mach Triathlon." Auch das noch, dachte Stock bei sich. Man hatte ihm nicht nur eine junge, drahtige Kärntnerin ins Auto gesetzt, nein, sie musste auch noch Leistungssportlerin sein. Er bekam prompt Hunger. „Ich bin unter den Top-Ten-Frauen im Ironman!", sagte Dobernig. „Im was?", fragte Stock. „Ironman. 4 Kilometer schwimmen, 180 Kilometer Radfahren und ein Marathon." Stock seufzte. „Und alles womöglich in einer Woche, ha?" Dobernig lachte. „Nein. Natürlich am Stück. Ohne Pause. Meine Bestzeit ist unter zehn Stunden." Stock räusperte sich. Es war besser, mit dieser Frau nicht mehr über Sport zu diskutieren.

Als sie auf der Inntalautobahn waren, setzte Stock das Blaulicht aufs Dach und gab Gas. Den vorgeschriebenen Hunderter, den konnte man sich ersparen. Es würde auch so lang genug dauern, bis sie in Maurach waren. „Die Seeuferstraße müssen wir nehmen, hat er gesagt", informierte er Dobernig. Die nickte. „Romed?", fragte sie. „Habe ich das richtig verstanden? Ich hab den Namen noch nie gehört." Er nickte. „Schon richtig. Meine Mutter ist aus Thaur, das ist ein Dorf in der Nähe von Innsbruck. Dort gibt es das Romedikirchl, dahin kommen viele Wallfahrer. Und jeder Zweite in Thaur heißt deswegen Romed. Eigentlich Romedius. Er soll auf einem Bären zum Bischof von Trient geritten sein, der Romedius!" Stock lachte. Dobernig nickte.

Seine geschiedene Frau hatte immer darauf bestanden, ihn Romedius zu nennen. Romed Stock, hatte sie gemeint, das klinge zu hart, zu unrhythmisch. Es war ihm fruchtbar auf die Nerven gegangen.

Es kam ihm so vor, als würde Dobernig verstohlene Blicke auf seinen Bauch werfen. Stock begann zu schwitzen. Wenn er wenigstens wieder unter die 130 Kilo kommen könnte. Dann, so hatte er sich vorgenommen, würde er auch endlich die leidigen Vorsorgeuntersuchungen beim Internisten hinter sich bringen. Er scheute die vorwurfsvollen Blicke des spindeldürren, glatzköpfigen Doktors, wenn er auf die Waage stieg.

„Ich mag meinen Vornamen nicht", sagte Dobernig, nachdem Stock zehn Kilometer lang geschwiegen hatte. „Fast nur alte Leute heißen so. Haben Sie gewusst, dass sich die Trickbetrüger solche Namen aus dem Telefonbuch suchen, weil das fast immer uralte Leute sind?" Stock nickte. „Macht ja nix!", sagte er. „Mir gefällt's!" Was gelogen war. Seine Tante Hedwig war eine fürchterliche Schreckschraube gewesen, und in ihrer Wohnung hatte es immer säuerlich gerochen. Da war Stock empfindlich. Wenn es wo schlecht roch, bekam er gleich Zustände.

„Sag einfach Romed zu mir. Und ich sag Hedi, wenn's passt. In Tirol sagen wir nämlich immer Du, da tu ich mir leichter." „Gern, Romed!" Dobernig schenkte ihm einen freundlichen Blick und ein Lächeln. Ihr Pferdeschwanz tanzte auf dem Hinterkopf, als sie sich ihm zuwandte.

„Da!", rief Dobernig. Natürlich hatte Stock die Polizeiabsperrbänder selbst gesehen. Und auch den hektisch winkenden Polizisten, der davorstand. Er hielt am Straßenrand. „Was nehmen wir mit?", fragte Dobernig. Stock sah überrascht zu ihr auf. „Nix!", erklärte er und tippte sich an die Stirn. „Nix als unser Hirn!" Er versuchte sich in einem Lächeln, um Dobernig nicht gleich an ihrem ersten Arbeitstag bei ihm zu verschrecken. „Da unten!" Der Polizist zeigte zum Seeufer, das durch Gebüsch den Blicken verborgen war. Dobernig hüpfte durch die Büsche und sprang behände über die Ufersteine auf das Boot zu, das dort vertäut lag. Wie eine Bergziege oder sogar eine Gams, dachte Stock. Das hatte ihm gerade noch gefehlt. Mühsam bezwang er die Stufen zwischen den Steinen, deren Oberfläche uneben und rutschig war. Nicht ideal für seine Halbschuhe. Als er schnaufend am

Ufer ankam, war Dobernig bereits im Gespräch mit dem Gerichtsmediziner. „In Zukunft, gell, wartest auf mich. Auch wenn's ein bisschen länger dauert!" Er konnte sich den kleinen Seitenhieb nicht ersparen.

„Servus, Stock!", begrüßte ihn der Mediziner. Es war Professor Unterlercher, ein Urgestein der Tiroler Gerichtsmedizin und auch ungefähr so alt. Trotzdem ließ er es sich nur selten nehmen, persönlich zum Fundort einer Leiche anzureisen, wenn ein Auftrag an sein Institut erging. „Wen hast denn da heute mit? Wo ist denn der Pfurtscheller? Bist ihn am Ende doch losgeworden? Er ist doch nicht etwa die Karriereleiter hinaufgefallen?" Unterlercher lachte. Er hatte natürlich über die Jahre mitbekommen, dass die intellektuellen Kapazitäten des Pfurtscheller eher begrenzt waren. „Pension!", schnaufte Stock. „Und das ist Frau Dobernig. Meine neue ... Partnerin!" Er tat sich noch schwer mit diesem Wort. Man würde sehen, ob es dabei blieb. Unterlercher schüttelte Dobernig die Hand. „Das freut mich aber ganz außerordentlich!" Er machte es ein wenig ausführlicher und ausgiebiger als nötig, legte sogar noch seine Linke auf ihre Rechte, um beidhändig zu schütteln. Dobernig schien ihm zu gefallen. Der alte Lüstling, dachte Stock.

Er widmete sich der Leiche im Boot. Es war eine junge Frau mit langen, dunklen Haaren, die über die Lehne der Vordersitze hinabhingen. Die Frau saß hinter dem Steuer, ihr Oberkörper war jedoch weit zur Seite gesunken. Ihre linke Hand umklammerte das Steuerrad. Stock kam nicht so nahe heran, dass er erkennen konnte, woran sie gestorben war, er musste aufpassen, um nicht von den Ufersteinen ins Wasser abzurutschen. Ob er ins Boot klettern sollte? Das würde womöglich böse ausgehen.

Dobernig schien seine Gedanken erraten zu haben. Leicht wie eine Feder stieg sie auf das Heck des Bootes, glich geschickt die Schwankung aus, die dadurch ausgelöst wurde, und balancierte mit zur Seite ausgestreckten Armen zum Rücksitz. „Darf ich?", fragte sie den Gerichtsmediziner. Unterlercher lächelte und nickte. Sie ließ sich auf der Rückbank nieder und schob das Haar der Toten beiseite, um ihren Hals freizulegen. Deutlich erkennbare rote, teilweise ins Blau verlaufende Flecken wurden seitlich am Hals sichtbar. „Beidseitig!", sagte Unterlercher. „Trainiert war sie nicht!", fügte Dobernig hinzu, zog ihr Handy aus der Gesäßtasche und schoss ein paar Fotos der Toten.

Stock schnaufte. Dass ihr das als Erstes auffiel! Natürlich hatte er es selber schon gemerkt. Die junge Frau trug ein knappes rosafarbenes Oberteil, ihre Oberschenkel steckten in engen Jeans. An ihr war eindeutig mehr dran als an der ausgezehrten Triathletin. Schade um das Mädel, ihm hätte sie gut gefallen. Abgesehen von den Tätowierungen, die beinahe den ganzen linken Arm bedeckten. „Nicht jeder ist halt für einen Triathlon gebaut, liebe Hedi!" Stock zog sich auf einen Stein etwas weiter oben zurück, der ihm flacher und damit sicherer erschien. „Erwürgt?", fragte er Unterlercher. Der nickte. „Mit an Sicherheit grenzender Wahrscheinlichkeit. Wir werden auch DNA an ihrem Hals finden. Aber das dauert, du weißt!" Stock nickte, während Dobernig mit einem hellen Plopp ihrer Sneakers knapp unterhalb seines Standorts wieder an Land hüpfte.

„Was fragen wir uns jetzt, Hedi?", fragte Stock. Ein bisschen oberlehrerhaft, das gestand er sich sogleich ein. Er musste etwas zartfühlender mit der jungen Akademikerin umgehen, damit sie ihn respektierte. „Wir fragen uns, ob da nicht jemand Zweiter an Bord war.

Und wenn ja, wo der jetzt ist. Und wie wir ihn finden." Stock nickte. „Genau das!" Er machte sich an den Aufstieg. Was noch anstrengender als der Abstieg war, die Stufen zwischen den einzelnen Steinen waren hoch, die Trittflächen oft uneben und abschüssig. Dobernig überholte ihn. Oben, auf dem schmalen, ebenen Streifen zwischen Uferstraße und Böschung, wartete der Polizist. „Hast du mich angerufen?", fragte Stock. Der Polizist nickte und salutierte. „Revierinspektor Roferer! Polizeiinspektion Achenkirch!" „Sag, Roferer, wer hat denn das Boot gefunden? Und dich gerufen?" Roferer zeigte nach oben, in Richtung Straße. „Da oben steht ein Auto, ein silberfarbener Kombi. Da ist ein älteres Ehepaar drin, aus Plattling in Niederbayern. Die haben da eine Pause gemacht und wollten ihre Fleischkäsesemmeln essen. Leider ist ihnen aber dann der Appetit vergangen. Ich hab gesagt, sie müssen warten!" Er salutierte noch einmal. „Gut gemacht, Roferer. Aber lass jetzt das Gehampel und bring uns zu den Leuten!"

Das Paar aus Bayern hatte sich Campingstühle aus dem Kofferraum geholt und saß vor dem Auto in der Sonne. Der Mann kaute an einer Fleischkäsesemmel, die Frau an ihren Fingernägeln. Stock spürte ein deutliches Grollen in seinem leeren Magen. Die Frau sprang sofort auf, als sie die Polizei auf sich zukommen sah. Der Mann nahm einen Schluck aus einer Bierflasche, die neben ihm auf dem Boden gestanden war, und blieb sitzen. „Du!", sagte Stock zu Dobernig und deutete auf die beiden Niederbayern. Sie nickte. Langsam im Begreifen, fand Stock, war sie jedenfalls nicht. Er schnaufte schon wieder so heftig, dass er ohnehin eine Zeit lang hätte warten müssen, bevor er mit der Befragung begann.

„Guten Tag. Dobernig, Landeskriminalamt Innsbruck!", stellte Dobernig sich vor. „Sie haben das Boot am Ufer gefunden?" Die Frau wischte sich über die Augen. „Ich bin noch so geschockt, wissen Sie! Es war die erste Tote, die ich gesehen habe, seit meine Mutter im Krankenhaus ..." Dobernig legte ihr eine Hand auf den Unterarm. „Nicht zu weit ausholen, bitte. Was haben Sie denn gesehen?" Der Mann stand auf und mischte sich ein. Wie eine Karikatur, dachte Stock. Weiße Socken, Sandalen und Shorts. So hätte ihn seine Ex nie auf die Straße gelassen. „Die Traudl ist ja völlig durch den Wind. Fragen Sie mich!" Er stützte, im Versuch, lässig zu wirken, die geballten Hände in die Seiten, wodurch sein Bauch hervorgedrückt wurde. Stock war der Mann auf Anhieb unsympathisch, und er versuchte, seinen eigenen Bauch einzuziehen.

„Wir wollten da unten Brotzeit machen. Die Sonne hat ja so schön hingescheint, nicht. Und da dümpelt das Boot ... ich hab gerufen ..." „Geschimpft hast!", korrigierte ihn die Traudl. „Wie man so blöd sein kann, dass man ein Elektroboot gegen die Uferböschung lenkt! Und dass diese blöde Gurken keine Ahnung von der Schifffahrt hat!" Der Mann vollführte einige beschwichtigende Gesten. „Die Traudl übertreibt gern!" „Ich ..." Dobernig fuhr energisch dazwischen. „Das Boot ist am Ufer angetrieben worden? Der Motor war aus, oder hat es sich noch fortbewegt? Hat sich die Frau drinnen bewegt? War sonst noch wer an Bord oder im Wasser?" Das machte sie gut, fand Stock. Beide zuckten die Schultern. „Wahrscheinlich war die Batterie aus", sagte der Mann. „Es ist bloß so, wie ich schon ... dahingedümpelt. Und sonst war niemand in der Nähe." „Ich hab mir gleich gedacht", schniefte die Traudl. „Dass da was nicht stimmt. Dass die tot ist. Weil, so gut kann man gar nicht schlafen!" „Ich hab gedacht, die ist besoffen. Oder voller Drogen!", entgegnete der Mann. „Bei den

Tätowierungen ..." „Tätowierungen sind nicht unbedingt ein Hinweis auf Drogensucht!", wies ihn Dobernig scharf zurecht. „Was haben Sie gemacht?" „Ich bin ins Wasser!" Der Mann wies auf seine Füße. „Natürlich ohne Socken. Hab das Mädel ein bisschen geschüttelt. Dann hab ich gemerkt, dass sich die nicht rührt. Die Traudl hat derweil die Polizei gerufen, und ich hab das Boot festgemacht, mit der Leine, zwischen zwei Steinen!" Stock nickte. Da hing das Boot noch immer.

Dobernig trat zu Stock. „Bevor du mich wieder prüfst, Romed: Das Boot heißt ‚Ariadne' und stammt von der Bootsvermietung in Pertisau." Sie deutete über den See hinweg ans andere Ufer. „Gleich da drüben. Siehst du das große Bootshaus?" Stock nickte, hielt seine Hand gegen die Stirn und blickte ans gegenüberliegende Ufer. Natürlich kannte er das Bootshaus in Pertisau. Er verband es mit Erinnerungen an seine Kindheit. Er war, gelinde gesagt, ein unsportliches Kind gewesen, und deshalb hatten Fahrten mit dem Elektroboot genau seinen Geschmack getroffen. Er hatte sogar lenken dürfen.

Gruppeninspektor Dobernig war aufmerksam und geschickt. Er durfte sie nicht unterschätzen.

Stock betrat als Erster das Bootshaus. Er würde jetzt selber übernehmen, das Hinterherdackeln missfiel ihm. Zudem kam er da womöglich in Verlegenheit, Dobernig loben zu müssen. Und sie würde sich geprüft vorkommen. Hinter einem Laptop saß ein Bursch, vielleicht zwanzig, zweiundzwanzig, in der Lederhose. Rechts von ihm dümpelten Boote in ihren Anlegebuchten. Leises Plätschern untermalte die Szene. „Stock, Landeskriminalamt!", stellte er sich vor. Er wies auf Hedwig, die hinter ihm auf den Planken stand. „Gruppeninspektor

Dobernig. Gibst du da die Boote her?" Der junge Mann nickte, wandte aber seinen Blick nicht vom Bildschirm ab. Stock wartete nur einen Schnaufer lang ab und gab dem Bildschirm einen Stoß, dass er krachend auf der Tastatur und auf den Fingern des jungen Mannes landete. Der sprang auf, griff nach dem Bildschirm und hob ihn wieder an. „Wie haben wir's denn?", fuhr Stock ihn an. „Was ist denn das für ein Benehmen? Gehst du mit deinen Kunden auch so um? Wie heißt denn?" „Georg! Georg Bernreiter!", beeilte sich der Bursch zu antworten. Seine langen blonden Haare hatte er zu einem Pferdeschwanz gebunden und sah damit Dobernig ein wenig ähnlich. Auch seine Figur war sportlich wie ihre. Stocks Partnerin würde an Bernreiter nichts auszusetzen haben, was seinen Trainingszustand betraf. „Die ‚Ariadne'. Wer hat die gemietet? Wann? Vielleicht schaust einmal nach, wenn du für uns eine Spielpause einlegst?" Stock fragte sich, warum er so grob zu dem jungen Mann war. Wollte er Dobernig beeindrucken? Für das Poltern, musste er sich eingestehen, würde sie nicht viel übrighaben. Das hatte man auf der Akademie anders gelernt. Dass Bernreiter einfach weiter auf seinen Bildschirm gestarrt hatte, anstatt ihn anzusehen, hatte ihn in Rage gebracht. Er musste sich beherrschen.

„‚Ariadne'? ‚Ariadne'?", flüsterte Bernreiter und klickte mit der Maus auf seinem Bildschirm herum. Langsam stieg Röte zu seinen Wangen auf. „Ich kann's nicht finden!" Stock legte ihm seine Pranke auf Schulter. „Weil du sie schwarz hergegeben hast, was? Wem hast sie denn gegeben?" Bernreiter räusperte sich. „Also ..., wenn es ... manchmal, da vergess ich eben, dass ich alles in den PC eingebe, und ..." „Wem?", donnerte Stock, sodass Bernreiter zusammenzuckte. „Ein Pärchen", stotterte er. „Sie ... Jeans und ein rosa Oberteil. Nicht ganz schlank. Er, puh!" Bernreiter fuhr sich durch die Haare. „Vielleicht dreißig, einen Dreitagebart, so eine moderne Frisur mit geschorenen Seiten. Dunkelhaarig. Ein bisschen einen Akzent hat er gehabt. Vielleicht ein Türke. Vom Reden her, glaub ich." „Na also!" Stock grinste und drehte sich zu Dobernig um. Sie schien eher peinlich berührt. Er musste sich wirklich zusammenreißen, wenn aus dieser Partnerschaft etwas werden sollte. Aber es war halt schwer, aus seiner Haut zu schlüpfen. Stock verspürte außerdem nagenden Hunger. Und nach der ganzen Zeit drüben am Ufer in der prallen Sonne konnte ein Bier auch nicht schaden.

Dobernig drängte sich an ihm vorbei und hielt Bernreiter ihr Handy entgegen. „Kennen S' die?" Stock versuchte, einen Blick auf das Display zu erhaschen. Wenn er sich nicht täuschte, zeigte sie ihm ein Bild der Toten. Bernreiter würgte. „Ja, die war das!", sagte er leise. „Ist die tot?" Stock blieb ihm eine Antwort schuldig. „Heute zum ersten Mal gesehen?", fragte Stock. Bernreiter nickte, schluckte aber dabei mehrmals, sodass sein Adamsapfel wild auf und ab hüpfte. Auch war Stock aufgefallen, dass er nur einen ganz kurzen Blick auf das Foto geworfen und dann zu Boden gestarrt hatte. Schlechter Lügner. Er überlegte kurz, ob er die Wahrheit gleich jetzt aus dem Burschen herausschütteln sollte oder ob er noch ein paar Stunden dunsten durfte. Er entschied sich für Letzteres. „Sie kommen morgen zu uns nach Innsbruck. Wegen dem Phantombild dieses Türken. Wenn wir ihn bis dahin nicht gefunden haben!" Er drehte sich um und ließ Bernreiter verdattert zurück. „Wiedersehen!", sagte Dobernig hinter seinem Rücken.

„Ich brauch was zu essen!" „Jetzt schon?", fragte Dobernig. Stock blieb stehen. „Dass das ein für alle Mal geklärt ist: Ich weiß, dass ich fett bin. Ich verbitte mir aber jede Anspielung auf meine Figur und, bevor ich's vergesse, auf meine Essgewohnheiten. Sonst wird das nichts mit uns!" Dobernig nickte und wirkte etwas eingeschüchtert. Wahrscheinlich würde sie spätestens morgen Früh darum ersuchen, nicht mehr mit ihm arbeiten zu müssen. „Da gibt's eine Strandbar!" Dobernig zeigte auf ein Schild, das gleich neben dem Bootshaus im Wind baumelte. Stock nickte, sah aber im nächsten Moment aus dem Augenwinkel, dass es gegenüber ein Wirtshaus gegeben hätte. Um seinen guten Willen und seine Kompromissbereitschaft zu signalisieren, würde er Dobernigs Vorschlag Folge leisten. Hoffentlich wurde das dann auch wahrgenommen. Er zog sein Telefon aus der Hosentasche. „Wir müssen nach diesem Türken suchen lassen, der angeblich auch im Boot war. Auch wenn ich nicht recht an ihn glaube. Wo sollte der denn sein?"

Die Speisekarte der Strandbar ließ ihn innerlich aufstöhnen, nach außen hin beherrschte er sich. „Schnitzel habt's keins?", fragte er die Kellnerin und reichte ihr seine Karte. „Nein, leider!", lachte die. „Darf's ein Salat mit Backhendlstreifen sein?" Stock grunzte, was die Kellnerin offenbar als Zustimmung verstand. „Für mich auch einen Salat. Ohne Backhendl." Dobernig hatte bereits ein Wasser vor sich stehen. Still. Keine Genießerin, entschied Stock. Da die Kellnerin die Bestellung gleich in ein elektronisches Terminal eintippte, entschloss Stock sich, sie ein wenig aufzuhalten. Es würde die Bestellung nicht verzögern. Ein Bier hatte er ja schon.

„Sag einmal, wie heißt du denn?", fragte er. „Lilli!", sagte sie und lächelte. Sie hatte eher das Format der Toten, rund und wohlgenährt. Stock fühlte sich ihr näher verbunden als der durchtrainierten Dobernig. „Kennst du den Burschen vom Bootshaus, den Bernreiter?" „Freilich!", lachte die Lilli. „Das ist fei ein Wilder!" Sie verdrehte die Augen. „Bist aus Bayern, gell?" Sie nickte, während Stock einen großen Schluck nahm. „Wild?", fragte Stock nach. „Er probiert's bei einer jeden! Bei mir ist er abgeblitzt!" „Du wärst also sein Typ?" Stock überlegte, Lilli kicherte. „Zeig ihr einmal das Foto von der ... von der Frau im Boot!" Er deutete auf Dobernigs Handy, das neben ihrem Wasserglas lag.

„Kennst die?", fragte Stock, als Lilli das Handy in die Hand bekam. „Wir haben sie heute tot aufgefunden." Die Lilli riss die Augen auf. „Um Gottes willen!", hauchte sie in ihre Hand. „Das ist ja die Ariana!" „Ariana wer?" „Ich weiß ihren Familiennamen gar nicht. Sie ist auch eine Kellnerin, drüben bei der Post!" Sie wies in die Richtung des Hotels Post am See, das nicht weit von ihnen am Ufer stand. „Ist die tot?", fragte sie. Tränen glitzerten in ihren Augenwinkeln. „Ob der Bernreiter die auch gekannt hat?", fragte Stock. Lilli zuckte mit den Schultern. „Genau weiß ich's nicht. Aber der hat ja jede ... man hat sich vor dem in Acht nehmen müssen ... Sie wissen schon!" Von der Küche her ertönte eine Klingel. „Jessas, ich muss!" Rasch verschwand sie Richtung Küche.

„Die Tote ist also eine Kellnerin aus dem Dorf, der Bootsvermieter auch von hier. Etwa gleiches Alter. Wäre ein Wunder, wenn sie sich nicht gekannt haben. Warum lügt er?", fragte Dobernig. Lilli stellte die Teller vor ihnen ab. „An guatn!" Stock maß die Portion mit abschätzigen Blicken. Viel Salat, wenig Backhendl. „Halt!", rief er Lilli nach. „Bringst mir noch ein Salzstangerl dazu? Oder, nein, besser zwei!" Er nickte Dobernig zu. „Gut gedacht. Er lügt, das war eindeutig. Lügt er, weil er sie umgebracht hat? Weil er weiß, wer sie umgebracht hat? Weil er mit der Polizei nichts zu tun haben will?" „Drei

Möglichkeiten!", bestätigte Dobernig und schob ein Salatblatt zwischen die Lippen. „Bringst mir bitte noch ein Bier?", sagte Stock, als Lilli ein Körbchen mit zwei Salzstangerln auf den Tisch stellte. „Die Ariana stirbt in der ‚Ariadne'. Was es alles gibt!" Stock schüttelte den Kopf und nahm einen Schluck.

Wirklich befriedigt war Stock nicht, als er zahlte. „Stimmt schon!" Lilli strahlte über das großzügige Trinkgeld. „Kennst vielleicht wen, der den Bernreiter näher kennt? Der vielleicht weiß, ob die ... Frau aus dem Boot, ob er die gekannt hat?" „Freilich! Die Judy von drüben, vom Wirtshaus!" Lilli deutete ungefähr in die Richtung, in der Stock das Wirtshaus gesehen hatte. Das, so sagte er sich, hätten sie einfacher haben können.

Stock blieb vor dem Wirtshaus kurz stehen und besah sich die Speisekarte. Natürlich. Schnitzel hätte es gegeben. Und Kasnocken. Mit Graukas. Dobernig verkniff sich jeden Kommentar, obwohl sie bemerkt haben musste, dass er die Karte studiert hatte. Sie hat es kapiert, dachte Stock.

„Gibt's hier eine Judy?", fragte Stock den Burschen, der hinter der Schank gerade Bier zapfte. Der nickte. „Freilich! Was wollt's denn von ihr?" Stock zeigte ihm seinen Dienstausweis. „Das würden wir ihr gerne selber sagen!" „Draußen! Die Dunkle!" Der Bursch wies mit dem Kinn in Richtung Gastgarten.

Judy war eine kleine, zierliche Frau mit dunklen Wuschelhaaren. Sie sah so jung aus, dass sich Stock nicht vorstellen konnte, dass sie überhaupt schon arbeiten durfte. „Praktikantin?", fragte er deshalb, nachdem er ihr den Ausweis gezeigt hatte. „Ja?" Furchtsam sah sie zu Stock auf. „Kennst den Bernreiter?" Zu Stocks Überraschung brach Judy sofort in Tränen aus. Dobernig drängte ihn beiseite. Genau zum richtigen Zeitpunkt, fand Stock. Dobernig nahm das Mädchen in den Arm und führte sie ein paar Schritte beiseite, hinter einen Baum, wo sie von den Gästen an den Tischen nicht angestarrt werden konnten.

„Was ist denn los?", fragte Dobernig. Judy schniefte. „Er … er …", stotterte sie mit erstickender Stimme. „Ich hab mich von ihm …" Wieder brachte sie den Satz nicht zu Ende. „Du hast mit ihm …" Dobernig warf Stock einen Blick zu. Der nickte. „Du hast mit ihm geschlafen? Und er hat dich sitzen lassen?" Judy drohte zusammenzusacken, Dobernig schlang ihre muskulösen Arme um sie und hielt sie fest. „Er hat …", flüsterte sie. Dann kniff sie die Augen zusammen und richtete sich auf. „Warum will das eigentlich die Polizei wissen?", fragte sie mit etwas festerer Stimme. „Eins nach dem anderen." Dobernig hielt sie zur Sicherheit noch an den Armen fest. „Was hat er?" Judy schluckte. „Er hat … mein … mein Höschen genommen. Und gepostet!"

Stock spürte Zorn in sich aufsteigen. Er hatte es ja gewusst. Gleich als der Bernreiter ihn ignoriert hatte, um weiter Computer zu spielen, hatte er es gewusst. Der Bursche war ein ordentlicher Fetzenschädel. Dobernig seufzte. „Du solltest ihn anzeigen!" Judy schüttelte den Kopf. „Nützt ja jetzt auch nichts mehr! Ich hab mich so geschämt!" Dobernig holte ihr Handy hervor. „Kennst du die Frau?", fragte sie Judy. „Das ist die Ariana. Von der Post. Die schaut so … blass?", hauchte sie und schlug die Hand vor den Mund. Dobernig nickte. „Sie ist tot. Leider." „Weißt du, ob Bernreiter sie gekannt hat?", mischte Stock sich ein. Wieder nickte Judy. „Ihr Höschen hat er auch …" Sie begann wieder zu schluchzen.

Stock warf Dobernig einen Blick zu und nickte. „Wir müssen jetzt weg", sagte er. „Vielleicht nimmst du dir den Nachmittag frei?" Judy nahm ein Taschentuch von Dobernig an. „Danke. Geht schon!" Sie versuchte ein Lächeln. Stock wies mit dem Kinn in Richtung Ausgang. Dobernig nickte. „Pfüat di!"

Draußen auf der Straße läutete Stocks Telefon. „Unterlercher?", fragte er. „Was gibt's?" „Die Tote hat ziemlich lange Fingernägel. Bunt bemalt. Ich frag mich, wie man mit so was arbeiten kann!" „Unterlercher", schnaufte Stock. „Komm zur Sache!" „Ja, der Angreifer muss Abwehrverletzungen haben. Kratzer. Ich habe Haut und Blut unter ihren Fingernägeln gefunden. Und ich wette, dass es nicht ihres ist!" „Dank schön, Unterlercher! Sehr gut!"

„Du hast alles gehört?" Dobernig nickte. „Rufst mir gleich den Roferer an. Die sollen von der Inspektion in Achenkirch einen Wagen schicken, den Bernreiter abholen. Wird nicht lang dauern! Den werden wir uns jetzt einmal nach allen Regeln der Kunst vornehmen!" Während Dobernig noch telefonierte, trat Stock vom gleißenden Sonnenlicht ins Dunkel des Bootshauses. Er konnte kaum etwas sehen, aber er hörte etwas. Leise Stimmen, Kichern. Damit sollte es bald vorbei sein. Er drehte sich zu Dobernig um und hielt einen Finger vor den Mund. Dobernig nickte. Soweit ihm das möglich war, schlich Stock auf Zehenspitzen. Seine Lederschuhe knarrten.

Bernreiter war aber ohnehin so sehr abgelenkt, dass er nicht wahrnahm, dass sich jemand näherte. Er stand über ein Mädchen gebeugt und hatte eine Hand an der Knopfleiste ihrer Bluse. Das Gesicht Bernreiters war in der Bluse verschwunden, die andere Hand unter dem Rock. Das Mädchen keuchte. „Herr Bernreiter?" Stock versuchte es in seinem einschmeichelndsten Ton. Die beiden fuhren auseinander. Die Hände des Mädchens zuckten sofort zu den Knöpfen ihrer Bluse, die sie hektisch zu schließen versuchte. Der Lederhosenlatz des Bernreiter hing offen. „Tut mir so leid, dass wir stören. Sie", er deutete auf das Mädchen, „bitte ich zu gehen, Herr Bernreiter, Sie machen sich bitte die Hose zu!", säuselte er. Dobernig hinter ihm konnte ein Kichern nicht unterdrücken. Das Mädchen floh hastig an ihnen beiden vorbei in Richtung Ausgang, Bernreiter mühte sich mit seinen Lederhosenknöpfen. „Gehen wohl leichter auf wie zu?", höhnte Stock.

„Was ist?", fragte Bernreiter. „Was wollen Sie?" „Eigentlich nichts!", grinste Stock. „Vielleicht ein Boot ausborgen?" Bernreiter wurde nervös, fuhr sich durch die Haare, griff sich mit den Fingern an den Nasenrücken. „Es ist so ein schöner Septembertag, vielleicht der letzte warme Tag in dieser Saison. Meine Kollegin", er deutete auf Dobernig, „war noch nie am Achensee." Bernreiter sah zu Boden, dann wieder auf den See hinaus. Stock hatte keine Eile. „Jetzt setzen wir uns einmal hin!" Er deutete auf zwei Sessel, die an der Wand standen. Bernreiter nickte. Stock griff nach ihnen und ließ sie gegenüber des Computertischs auf den Boden poltern. „Bitte!", sagte er zu Dobernig und deutete auf einen Stuhl.

Er ließ sich auf den anderen fallen, der bedenklich ächzte. Darauf konnte Stock in diesem Moment allerdings keine Rücksicht nehmen. „Ja, Herr Bernreiter", sagte Stock. Und schwieg. Bernreiter begann, hektisch mit dem Fuß zu wippen. Sein Knie zuckte auf und ab. „Was hast denn? Bist nervös?" Bernreiter schüttelte den Kopf. „Magst du?" Stock wandte sich an Dobernig. Die nickte. „Warum nehmen Sie Mädchen ihre Höschen weg und posten davon Fotos im Internet?", fragte sie. Stock fiel auf, dass nun auch Bernreiters Hände zitterten. Er stotterte. „Was? Aber das ... stimmt ja gar nicht ... ich hab ..." „Sollen wir Ihnen die Screenshots zeigen?", drohte Dobernig. Sie bluffte. Das gefiel Stock. „Nein ... ich ... das war doch nur Spaß!" „Soso!", sagte Dobernig, lehnte sich zurück und schlug die Beine übereinander. „Es macht Ihnen also Spaß, junge Frauen zu erniedrigen, im Internet zu verhöhnen. Was für ein Mensch muss man sein, dass einem so was Spaß macht?"

Bernreiter schien vor Stocks Augen förmlich zu zerfallen. Was für ein Blödsinn, dachte er, wie die Zeitungen dann immer schreiben, der Täter hätte „kaltblütig" oder „seelenruhig" gehandelt. Die meisten, zumindest seiner Erfahrung nach, machten sich schon bei der Tat fast in die Hosen, und wenn man sie erwischte, erst recht. Einmal hatte er direkt vor einer Bank einen Bankräuber in Empfang genommen, der tatsächlich mit nasser Hose von den Polizisten abgeführt worden war. Womöglich, überlegte er fast vergnügt, würde es mit Bernreiter bald auch so weit sein. Auf jeden Fall atmete er jetzt hektisch. Stock beugte sich vor. „Bernreiter, vorher hast du die Hose hinunterlassen wollen. Wir geben dir jetzt Gelegenheit, dein Hemd auszuziehen!" „Aber warum? Ich ... da gibt es doch ... ich hab ja nichts ..." Stock ging das Gestotter auf die Nerven. „Ausziehen!", bellte Dobernig scharf. Stock nickte. Im Zeitlupentempo begann Bernreiter, sein Hemd aufzuknöpfen. „Schneller!", verlangte Dobernig. Sie stand auf, trat hinter Bernreiter und zog sein Hemd weit auseinander, das er mit zitternden Fingern vor der Brust zusammenzuhalten versucht hatte. Breite, blutige Striemen liefen über seine Brust. „Oje, Bernreiter!" Stock nickte wissend. „Da wirst mit Totschlag nicht durchkommen. Solche Typen wie dich, die mögen die Geschworenen nicht!" Bernreiter sprang auf, stieß dabei seinen Stuhl um und versuchte zu flüchten. Für Dobernig war er allerdings nicht schnell genug. Sie grätschte zwischen seine Beine, Bernreiter taumelte, konnte sich nicht mehr fangen und stürzte ins dunkle Wasser des Bootshauses. Stock stand auf, um dem prustenden Bernreiter dabei zuzusehen, wie er versuchte, aus dem Wasser zu kommen. „Kalt, gell? Aber sei froh. Da würd die ‚Ariadne' liegen. Da hättest du dir womöglich noch wehgetan, wenn sie tatsächlich da gewesen wäre."

Es dauerte eine Weile, bis Bernreiter triefend auf dem Steg stand. Keiner hatte ihm helfend eine Hand gereicht. Und jetzt konnte er von dem schmalen Steg nicht weg, weil die beiden Polizisten seinen einzigen Ausweg blockierten. „Ich hab das gar nicht gewollt!" Er hob theatralisch beide Arme hoch. „Wenn Sie mir nicht gedroht hätte, mit einer Anzeige, dann ..." „Natürlich!", sagte Dobernig. „Das Opfer ist selber schuld, gell! Das hören wir oft!"

„Setz dich wieder da hin!", kommandierte Stock barsch und deutete auf den Sessel hinter dem Computer. Auch Stock und Dobernig nahmen wieder Platz. „Wie hast es denn gemacht, Bernreiter?", fragte Stock lakonisch. Bernreiter zitterte. Jetzt wohl vor Angst und vor Kälte. „Sie ist heute früh hier hereingekommen. Und hat einen Zirkus gemacht, dass man es draußen auf der Straße noch hören hat können. Weil ich ihr ... sie hat sich anscheinend bedroht gefühlt." „Anscheinend?", fragte Dobernig. „Ein paar Details könnten nicht schaden!" Bernreiter schluckte. „Ich hab ihr, ich hab ihr ein paar Watschen angedroht. Und dass ich sie ins Wasser schmeiß, wenn sie mich anzeigt. Dann hat sie eben zu schreien angefangen. Um Hilfe. Ich hab sie gerade noch erwischt, sie ist da hingefallen", er deutete genau dahin, wo Stock gerade stand. „Und dann hab ich ... damit sie aufhört zu schreien ..." Bernreiter stützte den Kopf in die Hände und begann zu schluchzen.

Stock seufzte. „Ja, Bernreiter, das hilft dir jetzt auch nichts mehr, dass du da herumheulst wie ein kleines Mädchen." Dobernig räusperte sich. „Du hast sie dann in das Boot gesetzt, den Motor eingeschaltet und gedacht, wenn du uns einen unsympathischen Ausländer erfindest, dann reicht das schon." Er atmete tief durch. „Hältst du uns für so blöd?", brüllte er so laut, dass Bernreiter hochschreckte und die Hände vor sein Gesicht hielt, so, als wolle er Schläge abwehren. Stock hörte Schritte auf dem Holzboden. Er drehte sich um. „Servus, Roferer. Wen hast denn da mitgebracht?" Hinter Roferer stand eine junge Polizistin, die Roferer um einen halben Kopf überragte. Gebaut war sie, fand Stock, wie eine Gewichtheberin. Sie gefiel ihm auf Anhieb. „Das ist Revierinspektorin Pfurtscheller!", sagte Roferer, nach hinten deutend. „Pfurtscheller?", fragte Stock und stand auf. „Bist mit dem Lois Pfurtscheller verwandt, von Innsbruck?" Sie nickte. „Mein Onkel", sagte sie. „Bist du am Ende der Stock Romed? Wenn dich mein Onkel richtig beschrieben hat, dann könntest du ..." Stock nickte. „Natürlich bin ich der." „Super!", sagte Pfurtscheller. „Er hat immer in den höchsten Tönen von dir gesprochen!" „Jaja!" Stock war es ein wenig peinlich, dass er so wenig von ihrem Onkel gehalten hatte.

„Nehmt's ihn mit. Und passt's gut auf ihn auf!" „Sehr gerne!" Roferer trat von hinten an Bernreiter heran und legte ihm Handschellen an. „Und damit du auf keine dummen Gedanken kommst ...", sagte er. „Die Frau Revierinspektorin war im Nationalteam im Judo. Und im Gewichtheben ist sie auch Tiroler Meisterin!" Stock lachte in sich hinein. Da war er also gar nicht so falschgelegen.

Kaum waren die drei aus dem Bootshaus verschwunden, knurrte Stocks Magen laut und ausdauernd. Er lächelte. „Entschuldigung. Aber ich glaub, wir müssen noch einmal mit dieser Judy reden, gegenüber, im Wirtshaus." Vor seinem geistigen Auge sah Stock bereits die duftenden Kasnocken mit üppig goldgelb gebratenen Zwiebeln.

Auflage:
4   3   2   1
2024 2023 2022 2021

HAYMON tb **296**

Originalausgabe
© Haymon Taschenbuch, Innsbruck–Wien 2021
Haymon Verlag Ges.m.b.H.
Erlerstraße 10
A-6020 Innsbruck
office@haymonverlag.at
www.haymonverlag.at

ISBN 978-3-7099-7943-3

Inhaltliche Betreuung: Haymon Verlag / Linda Müller
Lektorat: Haymon Verlag / Linda Müller
Projektleitung: Haymon Verlag / Linda Müller,
Judith Sallinger
Buchinnengestaltung nach Entwürfen von himmel. Studio für
Design und Kommunikation, Scheffau –
www.himmel.co.at
Umschlag: Eisele Grafik · Design, München,
unter Verwendung von: Alamy Stock Foto / Skotschier-Photography
(Landschaft) und bigstock.com / Fahroni (Himmel)
Satz: Da-TeX Gerd Blumenstein, Leipzig
Autor*innenfotos: Lena Avanzini: Thomas Schrott;
Alex Beer: Ian Ehm; Herbert Dutzler: Fotowerk Aichner;
Joe Fischler: Watzek Photografie; Nicola Förg: Florian Deventer;
Martin Kolozs: Kurt Prinz; Tatjana Kruse: Jürgen Weller Fotografie;
Wiebke Lorenz: pressebild.de / Bertold Fabricius

Gedruckt auf umweltfreundlichem,
chlor- und säurefrei gebleichtem Papier.